西川滿小說集①

葉石濤 譯

目錄

1 □譯序／葉石濤
5 □西川滿先生致葉石濤函
7 □採硫記
89 □龍脈記
127 □台灣時代的西川滿文學／陳藻香
133 □西川滿年譜

譯序

葉石濤

我所翻譯的這本《西川滿小說集》共收錄了西川的兩篇小說〈採硫記〉和〈龍脈記〉。〈採硫記〉發表於《文藝台灣》一九四二年三月、四月及五月號。〈龍脈記〉發表於《文藝台灣》一九四二年九月號。西川在戰前殖民地時代的台灣所發表的取材於台灣歷史的小說甚多，不過我之所以從其中選擇了這兩篇，其實也有一番道理。〈採硫記〉所描寫的郁永河從東寧（台南）前往北投採硫磺五十萬斤的故事，眞確地反映了康熙初年台灣剛被收入清朝版圖時的「漢番雜居」的眞實狀況。對現代台灣人認識台灣的開發及多種族社會各族群互動的情形有深刻的啓示。西川雖然以郁永河的〈裨海記游〉爲其小說的題材，但他又廣泛地獵了衆多漢籍史書，以濃厚的人道精神描述平埔族凱達格蘭族的善良、可愛的人性，郁永河的不屈不撓的精神，呈現了西川作爲作家的慧眼和知性（esprit）。〈龍脈記〉講的是劉銘傳建設台北到基隆的鐵路的故事。這也是西川後來寫成長篇小說《台灣縱貫鐵道》的初次藍圖吧？這條台北至基隆的鐵路必須在獅球嶺挖通隧道，剛好獅球嶺是俗稱龍脈和龍腦的所在地，民衆和清兵的迷信阻礙了這隧道工程的進展。劉銘傳和德國工程師以無比的毅力挖通隧道，在台灣歷史上留下了建設台灣的一塊里程碑。以已經忘卻以往台灣艱辛的華路藍縷以啓山林的開拓史的現代台灣人而言，何嘗不是重要的啓蒙？

西川先生一九〇八年生於會津若松的「藩士」（士族）家庭。祖父秋山清八曾任若松市初任市長及第六任市長，畢生致力於鄉土復興。秋山清八的三子純爲西川的父親。由於秋山家的至交西川家絕嗣，所以把三子純過繼給西川家，因此滿也就姓西川了。一九一〇年，距離台灣割讓十五年後，西川純帶著三歲的西川滿來台。西川純曾經做過兩任台北市議員，又經營南港、樹林等煤礦致富。西川滿一輩子走文學之路，獲有輝煌成就，其父的支持功不可沒。一九二五年三月，西川自台北州立台北第一中學校（建國高中）畢業，一九二八年四月就讀於早稻田大學佛文科（法國文學系）。一九三三年五月學成返台，旋即任職於《台灣日日新報》。一九三四年一月，在早報上開闢「學藝欄」（副刊）。直到一九四六年四月搭乘美軍登陸艇回母國爲止，共在台灣逗留了三十六年歲月。

依據中島利郎教授的研究，西川漫長的文學生涯，共分爲三期。其一是一九二〇年至一九四五年的台灣期。其二是一九四六年至一九六〇年的戰後期。其三是一九六一年至現在的天后會、台灣回憶期。不過，不管是戰前的台灣時代或戰後的回母國時代，西川的文學活動和宗教活動都以台灣爲主題而展開，台灣才是他生命的核心。

戰前他在台灣發表的小說、詩、評論及隨筆，也大半以台灣爲主體而創作，這比起現今的一部分台灣作家更有濃厚的台灣意識，以及富有對台灣這塊土地和人民的摯愛。

戰後五十年的台灣，由於一部分統治者和菁英份子仍然對於台灣文學懷有偏見和歧視，因此，對台灣文學的研究始終沒有重大突破，也遲遲未見有劃時代的進展，特別是對於日治時代的日文文學有質疑和排斥。因此不管是日本作家或台灣作家龐大的日文作品，不但未經翻譯爲中文，且甚少有研究的評估。即使是日本作家或台灣作家的日文作品，也是屬於台灣文學遺產的重要部分。四百年來台灣常被外來統治者統治，如果把所有外來統治者有關台灣的文學作品排除於台灣文學之外，那麼清朝統治台灣二百十二年的舊文學中許多中國宦遊文人的傑作也必須排除在外，這難道不是荒謬的事嗎？我們必須以世界性的宏觀立場來接納這些作品，我之所以翻譯西川滿先生的小說，也是出於這善意罷了。

一九九六年六月於左營

西川滿先生致葉石濤函

葉石濤先生：

感謝《台灣文學史綱》及信函。刊行《西川滿小說集》的建議，眞正很難得，譯者又是有緣的你，非常高興。〈採硫記〉和〈龍脈記〉都是喜愛的作品，致使我萬感交集。不過採取類似自費出版，令人過意不去。

只是有個任性的願望，那便是雖不需特別做成美麗的書；但老實說，台灣的出版品花費很多經費，卻多是庸俗不堪，實在令人遺憾，因此由衷希望沒花費多少錢起碼也要做成有個性，人人都想買的裝幀書籍才好。

另外贈送我所製本的〈採硫記〉。這本書因爲出版的旨意不同，收錄的古版畫過多，我想把第十頁的大屯附近地圖，第二十頁的淡水古版畫等爲釀成氣氛起見收入，那麼書的品質會大大地提升吧，讀者的理解也會更深。此外，使用立石先生的版畫也很有趣。〈龍脈記〉中收入附在信內的火車頭版畫，這一切由你的知性去判斷。

這只是願望罷了，提供你做參考。總之，此書的刊行給我帶來無上的快樂。（中略）

此外，我底祖父秋山清八出任若松初代和六代市長，很疼愛我這長孫，於是母親曾發牢騷說：「除餵奶時間之外不讓我抱」。且爲了要見我，晚年特地來到台灣。

平成八年六月二十六日

採硫記

西川滿作
葉石濤譯

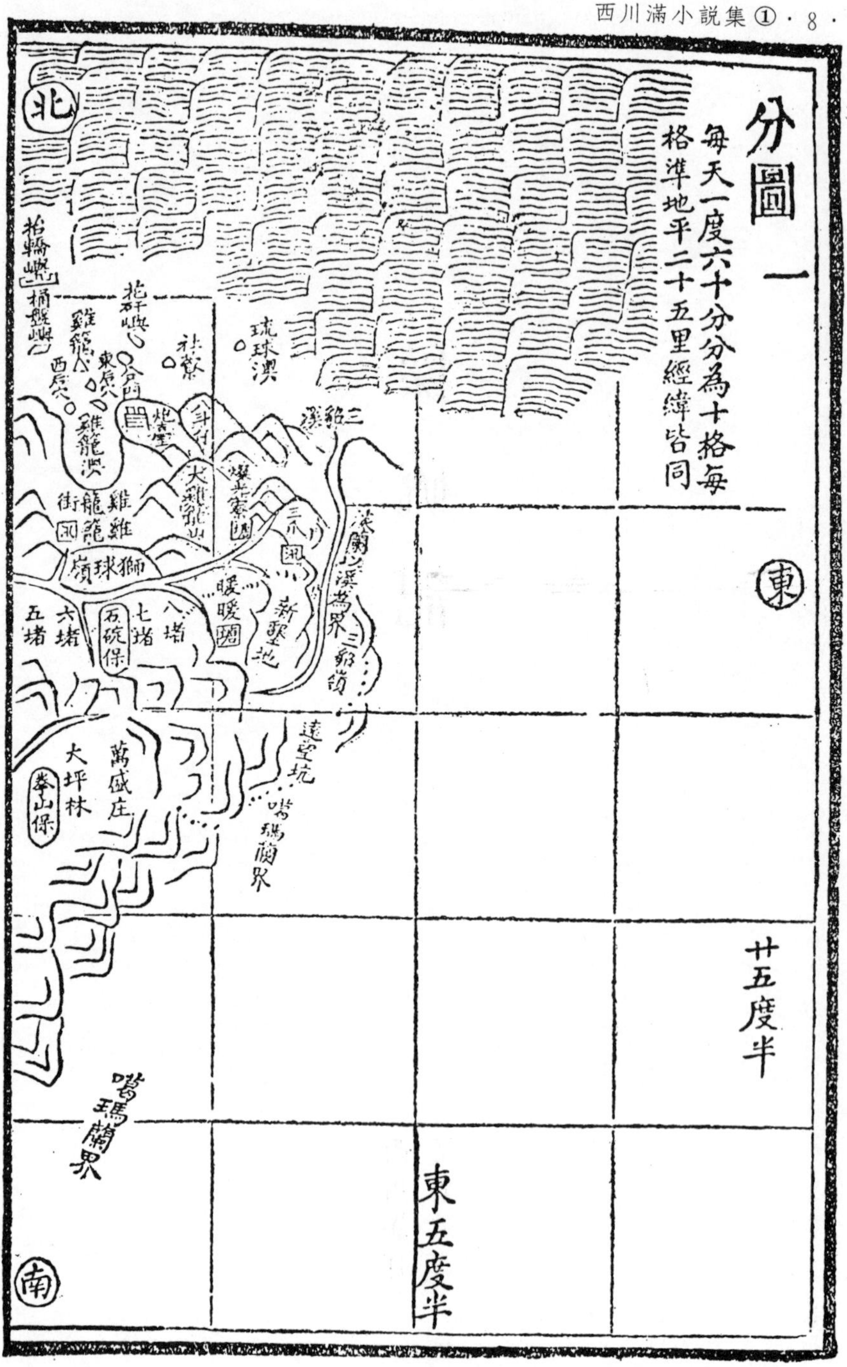
分圖一
每天一度六十分分為十格每格準地平二十五里經緯皆同
北
東
南
廿五度半
東五度半
琉球澳
獅球嶺
新墾地
暖暖
五堵
六堵
七堵
八堵
石碇保
大坪林
萬盛庄
拳山保
遠望坑
噶瑪蘭界
三貂嶺

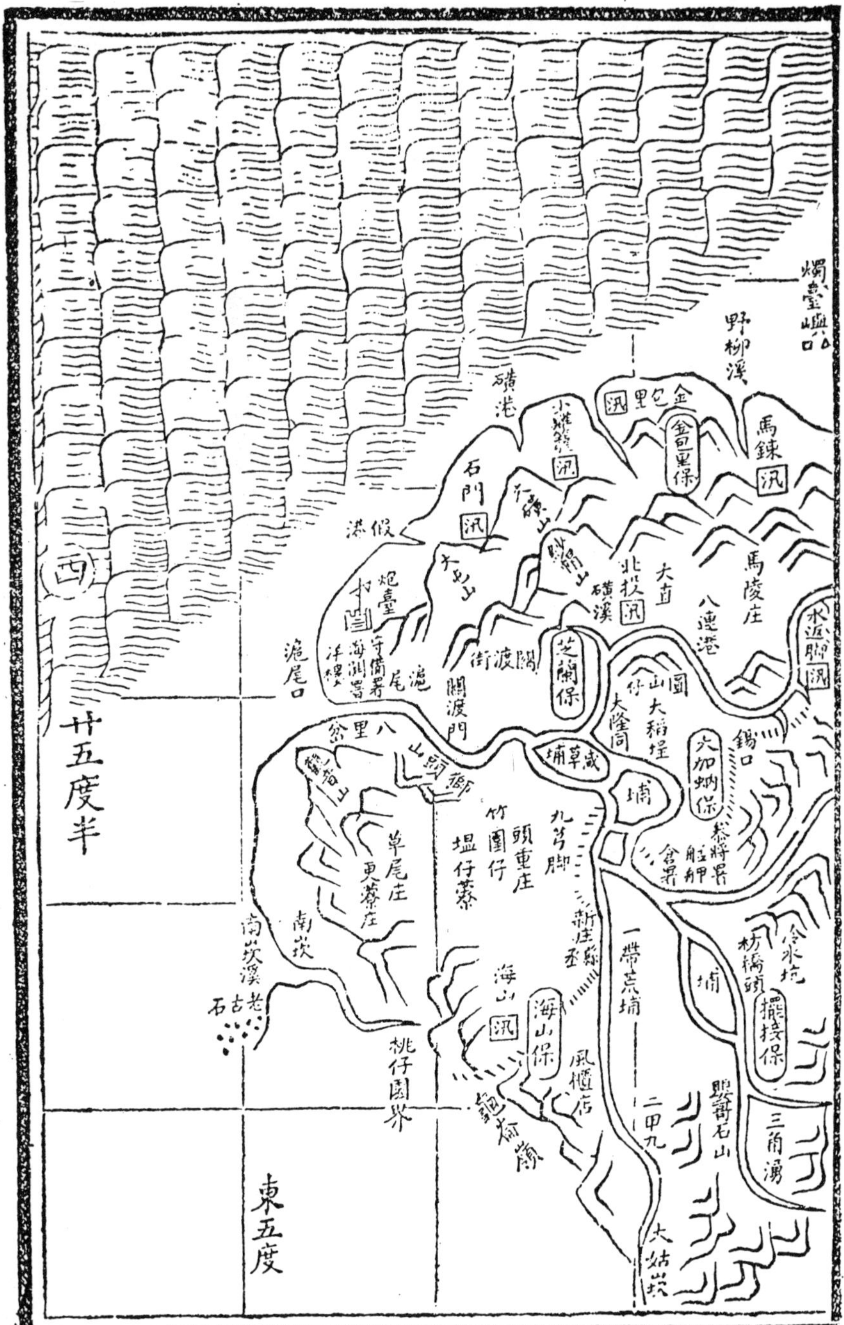
燭臺嶼口
野柳溪
金包里
汛
金包里保
磺港
馬鍊
汛
石門
汛
假港
大屯山
炮臺
北投
汛
大直
馬陵庄
磺溪
八連港
水返腳
汛
滬尾口
洋樓
海關署
守備署
滬尾
關渡街
關渡門
芝蘭保
大稻埕
大隆同
錫口
大加蚋保
八里坌
觀音山
咸草埔
埔
參將署
艋舺
竹圍仔
頭重庄
塭仔寮
草尾庄
新庄
海山
汛
海山保
南崁
南崁溪
老古石
桃仔園界
風櫃店
一帶荒埔
二甲九
大姑崁
三角湧
枋橋頭
擺接保
冷水坑
埔
西
廿五度半
東五度

●發端篇

一

說到康熙三十六年，等於是日本元祿十年，在這一年的四月二十七日，仁和人郁永河初次仰視坌嶺（觀音山），回頭看從福州隨行而來的李澤成微笑著說：

「這座山是我從小時候就憧憬的。我想，有機會就要來到山邊呢……」

坌嶺很罕見的沒有雲彩，在晴空下，呈現它秀麗的山容，好像要迎接遠途而來的客人似的，輪廓分明地聳立著。

李大大地點了頭，想著能見到此人的笑臉，眞不知隔了多少天呢。

「我被父親帶著常攀登福州的山，他教導我，天氣好的時候，偶爾也會看到此山山頂。不巧，從沒看見過，不過每一次登山，我底憧憬就加強，對這名叫坌嶺的山，感覺有說不出的親近感呢。所以人家說有沒有人要來此地採硫黃的時候，便主動地接受了這個任務。你還記得吧？從台灣府（台南）要出發之際，靳、齋兩個人和靄地忠告說，聽到鷄籠（基隆）、淡水，連健壯的人也會啜泣而躊躇不前，因爲到達之後必罹病，罹病後必死無疑，這不是壞話，不去才好，我之所以不顧反對硬要來，其實是想看此山。多好的山啊！沒讓我失望的好山呢。」

永河好像是酒醉的人一般注視著山容。對忍受著無數艱難，爲了使一行沮喪的人心振作起來，好容易才抵達此地的永河而言，實在是理所當然的感慨，而初次聽到這內心話的李，更加一層地讓他仰慕了其人品。

波浪聲靠近。白色的巨浪，猶如捲雪般滾來黝黑的岸邊。看到山麓的八里分部落。隨著牛車前進，坌嶺的稜線增加了美麗。昨天，對從竹塹（新竹）出發，直到南嵌的八九十里之間，連一間房屋也沒有看到，且被灼熱的亞熱帶烈日所毒曬的一行人而言，讓人睡醒似的感到青翠坌嶺。雖是個蕃社，但能看到人所住的部落，是個大大的歡喜。

「是個廣闊的河口啊！」

李指著左邊浩浩蕩蕩的大河之流而站立。

「要過河去呢！」

「要過河嗎?」

「是啊，這就是淡水河，對岸有淡水社。」

永河拿出親手繪的地圖，把地形畫進去。

七天了，自從台灣府出發以後，唯有一天比一天完整的這張地圖是旅行中的永河唯一的安慰。

不久，黃牛所拖拉的幾輛牛車，響著鈴聲抵達了部落。臉色淺黑的蕃人很覺稀奇似地圍攏在一行人的周遭，也有只兜上兜襠布的赤身的人，也有穿著短麻織上衣的人。露出很大的腹部，勉強用烏布遮掩私處的女人也在。

當永河下車時，從後到的車中顧敷公現身，從隨從中選出懂蕃語的人去叫土官（頭目）。為了嚮導，每經過一個蕃社必僱四、五個蕃夫到下一個蕃社去已經成了例子，今天南嵌社的漢子也就有用處了。

土官是一個老人，雖瘦削，但也顯出凜然之氣，大約有六尺高的高大男人。他聽到要到對岸去就好幾次點了點頭，大聲喊叫不明意思的聲音，從圍繞而起鬨的衆人中，有幾個剽悍的年輕人一起發出怪聲跑到海岸去。老土官用手勢直接向永河表達立刻要渡他過去的意思。

當顧從行李中拿出少許沙糖送給土官，眼看著他喜笑眼開，好似苦於怎樣表現他的喜悅的樣子，把永河和顧的臉看了又看，好幾次用他們不懂的蕃語不知嘟喃些什麼。

好像船準備好了。永河告別了老土官走到水邊。說是船其實是挖空了木頭的粗糙獨木舟，搭乘了二人就沒有容人空間了。

「這樣，可以渡過去嗎？」

討厭水的顧，煩惱似地說著，但仍和永和相對而坐。蕃人輕鬆地把船推進水裡，輕快地跳進船裡。顧慌忙地壓住了船邊。僕役被蕃人所催促，害怕地帶著行李分乘十幾艘船隻。在激浪中一起出發的情況很壯觀，可惜搭船的人澆到飛沫卻害怕得要死。

突然一個蕃人發出如同口哨似的聲音傳了信號，正在伐槳的其他蕃人忽然一起低下頭來。不知是什麼意思的永河環視周遭的時候，蕃人指著前方，頻頻示意要他低下頭來。回頭去看，海上低處類似朦朧的綠色雲彩，向這邊前進著。不久，混雜在浪聲裡，厲害的羽搏聲靠近過來，令人吃驚的是，那是不知幾千萬的蝗蟲大群。雖然曾經聽說過台灣蝗蟲多，但永河因初次經驗，只好目瞪口呆地面對著，而蕃人罵他要快點低下頭來。慌忙地低下頭來，可是那時候感覺到耳朵好似被撕裂似的疼痛。這好比是幾百枝箭掠過身體飛過去。過了五分鐘十分鐘之後，獨木舟任浪頭所翻弄，甚至有些失去重心顛覆。蝗蟲不知有幾百，如同下了大雨般消失於海中。吼聲過去了，顧偷偷地抬起了蒼白的臉，永河的臉有數不盡的小傷口，有些滲出血來。顧不覺嘆息了一聲。

「眞吃不消呀！」

可是永河用紙張拭淨臉上的血微笑著說道：

「這是最後的難關吧？」

於是指著搭乘的船問道：

「這叫什麼名字？」

當然語言不通，可是蕃人在嘴邊浮現淺笑說：「Banka Banka」。

花了好幾刻鐘，一行人好容易才抵達對岸的淡水社。在岸邊，在這邊陲之地多年好好地統治過來的肥胖的通事張大，彎腰鞠躬地來迎接。當他看到永河前來就在前面帶他去。

「勞駕，勞駕。客套話以後再說，應該先到我家去，請！請！」

張大的家位於穿過林投叢登上去的稍高山崗上，從窗戶可以鮮明地遠眺落日時的坌嶺，忘去了臉上的疼痛，永河自然地嘴邊浮現了微笑。

「海洋當前，這座山的山容更加一層秀麗。而且以落日爲背景之美，實在是令人稱羨的景色。雖說山高爲貴，可是既不高亦不低，而且迷住人的山，以此山最佳。」

「是，是，眞是如此。這也許是莊嚴吧，有時也想向它合掌膜拜。我是個佛教徒，當日沒時，看到在薄暗中現出淡紫色隱沒的山容，好似看見觀音菩薩佇立一般，有不可言喻的心境。祂說，以天、龍、夜叉、乾闥婆、阿修羅、迦樓羅、摩喉羅伽等人也是非人身份出家，可是也現身說佛法，此外，以各種形態遊歷許多國土，使衆生得道，我自以爲此山，說起來萬不應該，應當是菩薩的化身。在我底故鄉普陀落山也有地方奉祀觀世音菩薩，請你別笑，有時候從此山想起早已忘去的故鄉。」

張大這樣說眨了眨眼。

「這也是理所當然，故鄉在哪兒？」

「是福州呢。」

「呵！眞的嗎？那麼恰巧是位於此海的對岸。」

「大約如此。十二年前離開那邊，到了安平，搭船來到這兒，向來對方向觀念生疏呢。」

「十二年嗎？」

「是，十二年了，替換時也沒回去，實際上沒有人來替換，而如果馴服了他們，蕃人也是很可愛的。」

「嗯！」

有這樣的地方官在，這北方鎖鑰才能從富侵略性的白人手裡保存了下來，永河有深刻的感動。

岔嶺早已變成紫色，白色的霧開朗而流盪，兩個人暫時盯盯地眺望著西方的山。雖然兩人都沉默不語，可是遠離故鄉的兩個人卻心有靈犀一點通。

「說到蕃人剛才說 Banka Banka，這是指船嗎？」

永河又開了口。

「是啊！我們就用『莽葛』兩字來代替。」

「很好。」

張大請他喝僕人端來的茶。

「對不起，故鄉是哪兒？」

「浙江仁和呢，不過從小就大致留在福州。」

「這太好了，可能的話，請你多留些日子，聽聽有關故鄉傳聞。」

「是的，不過謝謝你的盛情，可惜沒法子久留……正如你所知，那邊因爆炸事件火藥不足，等著我回去呢？」

「眞的是如此呢，前天從先到的人聽到了。實在人怕老。老了就特別想要跟人親近。」

「是啊，我也一樣。福州你記得淸楚吧？那相思嶺。」

「是啊，記得啊！」

「我剛好有六次走過那山嶺，每一次經過都覺得又老了一些。這次要到此地來經過時做了這樣不值得一提的詩。」

「啊！」

永河客氣地吟誦了。

閩中七載作勞人

六染相思嶺山塵
獨有蒼蒼雙鬢色
經過一度一回新……

總之，這是眞實的感覺呢！
「不！你還很年輕呢。」
兩個人一起發出笑聲。就在此時，指示收拾採挖各種工具和行李的顧，走了進來。看到顧，永河想起來了。
「我想到了。希望明天儘快在出硫黃的地方蓋個小屋。」
「這，我已經安排了。」
張大拿了椅子請顧坐下來
「在台郡耗了相當日子準備，大約有將近兩個月呢。」
「採挖小屋什麼時候會蓋好？」
希望乾淨利落地做事的顧，坐下椅子就開始講工作的事情。
「只要不下雨的話，再過七天就可蓋成。」
張大這樣回答，而順著永河的視線，眺望全暗了的海。筌嶺業已消失在黑暗裡。

滬口飛輪
西
南
東
北
滬尾山

坌嶺
平頂
八里坌
滬尾街

永河從福州出發，要到遙遠的淡水，是康熙三十六年一月二十四日，要到達此地，實際上費了大約將近一百天的時光。

二

前年冬天，年關已逼近的某一個寒夜，福州的火藥庫忽然爆炸，重要的硝磺火藥五十多萬斤，在一夜之中化爲煙。爲什麼起火，由於當值差役跟火藥共生死，原因終於無從查明，然而典守者被政府命令要賠償。當時，雖吳、尙、耿三藩之亂已平定，鄭氏一族亦滅亡，國內正謳歌泰平，但失去的火藥五十多萬斤必須早一天補充。這樣，衆議一決，從鷄籠、淡水之地採掘硫黃來是最佳辦法，有幾個人被選爲使者。這時候，永河率先，自動地要前往人人討厭的未開之地旅行。淡水附近有硫黃，是早在鄭氏以前的荷蘭時代就聞名於世。本來就對此地懷有遊意的永河，聽到這猶如從天降下來的消息，不覺嘟喃「我事成矣……」。

二十四日白天，跟同行的王云森和李一起，他率領一行人被衆多朋友所歡送，得意揚揚從南門出發，二十五日渡過烏龍江，在坊口訪問了董贊侯。董的父親本是奉天人，大前年做爲諸羅縣令赴任台灣，所以誠懇的永河，爲了替他托帶口信特意順便訪問。可是在談話中，董卻說要帶一個外甥同去。永河非常高興，二十六日越過懷念的相思嶺，二十七日過了涵頭，二十八日進去興化府的甫田縣。雖是正月，可是前往莆陽的路兩邊，一望無際的一片隨風搖曳的麥浪，猶如四月一般溫暖。

一行人在二月二日，從劉五店搭船到廈門。在此，永河遊覽萬石山嚴、虎溪岩等地等候船隻啓椗。那時候的航海術很幼稚，如果浪潮很兇，船就不開，反過來沒風也出發不了。好容易被告知出帆，不久來了驟雨，海浪洶湧不止，只好望著古浪嶼的山，三晝夜，一直留在船裡苦悶。

好容易船出發是二十一日早晨。會暈船的黃，還沒走出大旦門就一直暈船，在船艙裡躺著，可是船在不知不覺中轉舵向北航行。永河發覺從廈門到台灣必須通過從西北朝向東南的水路，他覺得奇怪，就叫李去尋問水手，由於風完全止息，萬不得已要在遼羅停泊。船出發之際本來同行的船隻有十二艘，可是不知不覺之中分散，過了嚮午，抵達遼羅時僅留下三艘。不久吹起微風來，因而啓椗，可是到傍晚，船離岸不遠，一直可以望得見支山。不久深紅的太陽沈入淼淼的蒼海中。站在船首，看著如油似的混濁的黃昏之海，永河的心中浮上了各種念頭。那一代英雄鄭成功也渡過這海去攻打台灣，而要去消滅鄭氏孫子的施琅也同樣過了這水路。他害怕地想到重覆的歷史輪迴，同時自幼懷抱的對台灣如夢似的憧憬，到了這年歲，不料得到實現的這奇異而心動。爲什麼亡父告訴我有關台灣的山，如今也沒法問其所以。在永河的記憶裡，父親不是那麼常去旅行的人。可是永河卻想，父親一定喜歡內心旅行。一定聽見有人告訴他，常帶霧的美麗巒嶺的故事，一定希望有個機會到台灣去。他知道自己的意願一輩子不能兌現，而把自己的夢栽植在幼小的兒子心中。這樣想的時候，永河覺得自己體內父親的生命在脈動。辛未春（康熙三十年）再度入閩，走遍了八閩，如今想起來，這也許是爲了台灣之行而鍛鍊身體的一種準備吧？鄭氏四代的雄壯企圖業已成空，台灣由閩來管轄，福建省變成九閩的現在，正是把父子兩代的夢付之實現的時候了。

海上變暗。永河下到船艙。昏昏沈沈躺著時，聽見了洶湧的浪濤聲，船吱吱作響。大約是初更（晚八時）時候吧？風吹開來。船上下地搖動。呻吟的人好像是董。永河又閉上了眼。夜半過了紅水溝，次日早晨進去黑水溝。這是聞名的難關。碧色海峽的正中央，烏黑的潮流從北流到南。從水手聽到，這兩個海溝，在任何暴風雨下，決不會混雜在一起，永河沈緬於神秘的思維。說到神秘，今天要進入黑水溝稍前，永河看見兩隻海蛇順著潮流往南泅過去。好幾次傾斜而被推走，然而船隻毅然橫過了黑水溝。不久在舷側響起了鐘聲。

有人叫喚：「澎湖到了，澎湖到了！」永河立刻攀登到船尾高處。他看見，無邊際的海洋彼方，水天要相連的地方，疑是雲彩般有一縷青絲。永河想起，他跟父親兩人從高山山頂想遠眺巠嶺而說，那裡便是，不！那是雲彩呢的少年時代，他的胸就沸騰了。他以爲是綠頭兒的地方，越靠近就曉得那是澎湖的媽祖澳。由於風向不佳，陸地當前，此日卻無法進澳。然而這樣順利地航海過來的只有永河搭乘的船，其餘十二艘終於沒有出現。永河擔心爲了指揮起見搭乘到別艘船的朋友王。

到了次日二十三日，好容易用舢舨登陸，踏上澎湖之地，因暈船而痛苦的董，勸誘了他也不登陸。把李留下看護病人，永河獨自一個人，詳細地此地那地的走遍，知道了兩千個兵在守護澎湖各島嶼，住民以海爲田，以魚代米而生活的事實。傍晚，船駛出淺口，在澳外拋錨。永河獨自坐在舷側聽著打在船邊的安靜的浪濤聲。已經靠近初更，但月亮尚未上升，滿天燦爛的星星，映在水裡變成海底珠玉，上下二天合而構成廣大的圓。到底夜風過於涼快，可是這樣就去就寢未免可惜，眺望參宿星和北斗七星橫躺在天海，想到一生滄桑，詩心突然興起，執筆在日記上寫下一首律詩。夜半，風開始吹起來，船就起錨了。

二十四日。早晨。回頭去看澎湖的各島嶼在淡墨色中朦朧有霧，不久隱沒在靄霧裡。於是在前方的雲彩上，出乎意料之外地看到很高的台灣的山脈。聽到可以看得到台灣，臉色蒼白的董到底也爬上來，緊緊抱住船邊。他好幾次回頭看澎湖那邊，想到唯有澎湖才是台灣的門戶，失去澎湖也就等於失去台灣。由於澎湖淪陷，一下子鄭氏就投降，這應該是理所當然了。不久，當海色變時，在眼前出現兩岸逼近的鹿耳門。門的入口處約有一里，門裡面乍看同大海無異，其實都是淺灘，好容易只有一條水路供航行。鄭成功斜楞眼睛看著周章狼狽的荷蘭軍，巧妙地進入這水路，握住了勝利的鎖鑰。

「你呀，把精於火器戰艦的狡黠的紅毛奴輩，趕走西方邊緣的一代英傑所走過的水路，我們也駛過同樣水路呢，好了振作些吧！」

永河這樣說著拍了拍董的肩膀。可惜，運氣不佳，風向改變，波浪洶湧，不得已，船隻迂回三十里，駛過威壓海洋的一鯤身安平城，日暮時分，抵達赤嵌城附近。

第二天早晨，無意的站在舷側的永河，看到在海中來往的牛車，急忙喊住了董，指給他看。

「瞧！眞的，到底是眞的。」

「眞的呢？我以爲是荒唐無稽呢，看起來非常淺。」

董完全恢復了精神，甚至在臉上浮現微笑。

兩人在去年秋天，在福州季麒光家，借看了台灣地圖。麒光在康熙二十三年被任爲諸羅知縣，解任回來之際，帶回叫台灣府畫工所畫的圖，而在那地圖上繪有在鹿耳門內海牛車半隱沒在水裡來往的情形。那時候，兩個人在歸途中互相笑著談道，畫家的畫雖是想像也太過離奇。可是如今眼前看到這事實，永河到如今想起百聞不如一見的諺語。

董好似伸出身體似地眺望水際的赤嵌城。淡綠色的內海海水，映著深紅城樓面貌的早晨赤嵌城，猶如游絲燃燒吐出了紅一般，給旅途疲累的永河一夥帶來了異國情趣。弄亂紅色磚瓦的影子，造成波紋，脖子帶鈴子的黃牛拖著車子駛過去。

船已停止前進。永河和同船的人一起移到舢舨。可是水越來越淺，舢舨不久在淺灘擱淺。於是叫了牛車，好容易才上岸。

一行人就寄居台灣府尹蔣家。蔣端出酒肴，重重地慰勞一番，而當永河說，廈門到此地共費了四個晝夜時，他就按住他而說道。

「不！不！你們還算幸運。雖到了鹿耳門，若不吹東風就不能進來，外海又波浪洶湧不得停泊，只好回到澎湖，不過這也要有月亮的晚上，否則黑夜裡找不到澎湖島嶼，再返回廈門的例子也屢見不鮮。」

「那麼，其餘的船隻，也許有的返回廈門了？」

永河吃了一驚而說。蔣約定派下屬到海岸看守。那夜晚隔了很久才能躺在床上，但猶如仍置身在波濤上一樣，全身疲累得如同綿花。

台灣府這地方，本來有永河認識的人二、三個，出乎意料之外跟他邂逅，大家都握手稱慶。不過最令人感動的是，董贊侯跟他父親諸羅令董之弼的見面。董之弼，受過永河的恩惠，二十七日夜，張羅了熱鬧的招宴。在這席上，永河認識了太守靳治揚，司馬齊體物，參軍尹復，鳳山令朱繡等人，談論風發，說了些國際情勢與台灣國防，轉而又吟詩盡歡。

當話題進入軟性題目時，永河講了心底話。

「好像這市肆裡，並沒有不覺要回頭去看的美女呢。」

靳治揚也就很在意地突然派人去叫混雜有紅毛血統的美女，也可算是可愛之極。其實永河比在市肆上看見的女人，覺得純白的番茉莉花更加美麗。跟黃昏開早上謝的中國本土的茉莉不同，一花千瓣，永不凋謝。他想，這也許是土地溫暖的關係。而靳、齋兩人勸止永河的採硫行也是在這時候。他們笑著說道。

「到那樣的地方，認眞要去是不諳世故的做法。被任爲地方官，那只是任務罷了，在台灣沒有一個人眞的去走馬上任。」

這樣說來，雖名爲諸羅縣令卻在此地擁有公館的這家主人也正是如此。參軍的尹復是浙江山陰人，跟永和是同鄉，因此誠摯地替他擔憂。

「去年秋天，有人率領一百個士兵往下淡水去，而不足兩個月的時間，沒有一個人回來，連接近台灣府的下淡水也尙且如此，何況鷄籠、淡水等瘴癘蠻雨之地，怎麼也無法期符活著回來。算了吧，也用不著你去，只要差遣僕役去採硫就行了。」

永河笑著說道。

「謝謝你，不過生死由天，縱令死屍跟草木同朽，願把命運托給蒼天。」

過了三天，好容易王所搭的船進港，再過了十天後所有船隻才到齊。

被永河的壯舉所感動的董，說服了老父想要同行，但由於是長子加上老父擔心，終於死了心，不過直到出發以前的日子跟永河同行，幫忙他在市肆裡採購。

也許台灣馬匹少的關係，文武官員都坐轎來往，民間利用牛車。由於鄭氏治政嚴厲之故，沒有人貪暴利，整齊排列的油行街、新街、嶺後街店鋪裡的物品都跟福州一樣便宜。由於荷蘭時代的遺痕吧，商人最尊重紅毛人所鑄造的銀幣稱爲蕃錢的東西。

永河搜購了跟蕃人交易所需要的布帛類爲首，提練硫黃的油和大鑊，防硫毒的沙糖，採掘不可缺少的刀斧鋤杓、大小桶子、秤尺斗斛，以及粟、鹽等食品，食器百人份等物料。把這些物品運到早已購買的巨船上，但因物品過多沒法子裝貨，不得已另買隻船，裝了進去。

在逗留台灣府時，偶然的機會，意外地永河認識了顧敷公。顧敷公爲江蘇省京口人，遭到鄭成功京口攻略而被俘，順治已亥（十六年）來到台灣，對此地的情勢很熟。

雖然永河和顧是被人介紹認識，可是一見如十年舊知，緊握了手，立誓去採硫。獲得如此的東道主，這對於永河而言，是無上的福氣。

可是快要出發之際，意見分為兩類。對於未開蕃人多，又有疫癘流行的危險陸地比起來，採用船隻直行到淡水才好的王云森的主張，顧敷公堅決地反駁道。

「你是眞知道台灣的海路嗎？要去淡水必須沿順著陸地航行。說起來船這個東西不怕大海卻怕近山，沿順著多礁淺灘的陸地航行甚為困難，如果一開始吹風，立刻危險就逼近。」

可是剛強的王卻不認輸。

「我們的任務是早一天獲得硫黃。與其像烏龜步一樣拖著笨重的行李，慢呑呑地前進，倒不如乘著南風，一瞬間就抵達淡水。」

「不！就是這南風是個問題，風不一定從南方吹來。我認為很危險。」

「說起危險，陸地好歹也一樣嘛！」

「如果你這樣主張，我就不去了。」

這時候，永河安慰了兩人，說服了王，好歹要遵從通曉本土情勢的顧的意見，可是他一定要坐船去，終於分為採用陸地行的及航行的兩組。

四月七日，永河跟顧以及隨從數人，分搭用粗糙的茅草做屋頂的板車，滿載著旅行中所需糧食及慰勞蕃人的物品出發。五十五個工人隨行。路有名無實，因沙礫而立刻損壞，所以每經過蕃社就換車，讓強壯的黃牛拖拉，叫熟練的蕃人御車，在這天中經過大州溪，再經過新港、喜溜灣兩社抵達麻豆社。這些蕃社在鄭氏時代跟歐王社一起被稱爲四大社，因此雖然房屋簡陋卻也整齊，種有果樹等，可是一步離開了蕃社，一望無際只是繁茂的草而已。而且比身長還要高，所通過草叢的牛車，猶如行駛在黑暗的地底。而且在白天蒼蠅和蚋群集，夜晚有無數的縞蚊襲擊，趕也趕不走，皮膚發癢而紅腫，叫他後悔如果以後每天都這麼痛苦，倒不如跟王一起坐船去。

八日。晴天。從麻豆出發渡過鐵棧橋溪，抵達倒咯國社，可是炎天的灼熱，昨夜被蚊子叮的脖子刺痛，甚至感覺微微眩暈。太陽落在檳榔樹林，微微吹動葉子的晚風開始吹起來時，不覺鬆了一口氣。想到坐船的王一行人，得到南風航行千里，就覺得如此休息太可惜，趁著微風鼓勵大家點起了火把，渡過急水、八掌兩溪向北急行。可是到了諸羅山附近時非常疲累，沒法子再讓車子前進了。

不過，九日天亮時，渡過牛跳溪，駛過打貓（民雄）、他里霧、柴里（斗六）三社。這天，永河初次遇見身體有刺青的猙獰蕃人，加深了已進入未開之地的感覺。特別是兩隻胳臂上刺有馘首的人頭圖案，說不出的叫人害怕。不過跟顧私語時，他回答說：不！平地蕃都是熟蕃，不會加害我們，放心。

從這附近開始地形逐漸嶮峻，渡河相當地困難。十日，渡過了虎尾溪和西螺溪，可是看到含有烏黑土沙的滔滔濁水之流，牛隻好幾次退縮，好容易趕進河裡，立刻被彎曲的急流絆倒腳險些溺水，每當此次蕃人就抱住車輪拯救。好容易全體人員渡過了河，驟雨忽然降下。

在雨中鞭打牛隻走向大武郡社，路中擦身而過的蕃人有刺青的越來越多。

過了龍眼林，雨就歇了。不久，一行人抵達大武郡社。永河放心下了車，跟顧和李一起走遍蕃社。雖是堆土而成，屋頂蓋草的粗糙房屋，但前面另外蓋了藏物間和鷄舍。走到大波羅蜜樹下時，永河看見三個年輕蕃女裸著身子，舂著粟，而且其中一個格外美麗。雖然被曬黑，可是出乎意料之外色白，清澄的眼，沒鬆懈的臉頰線條，不知塗抹了什麼不知名的膏油，如絖般發亮的四肢迷住了永河的心。可是永河立刻低下頭，想要避開去。然而被好奇心所驅逐的顧卻迅速地靠近蕃女，不知會變成怎樣？永河閉息站立。不過讓人吃驚的是，那美麗的蕃女毫沒有害臊自己裸體之意，反而看到珍奇的東西似的盯盯地看著顧。永河爲她的無智而覺得悲哀。於是，來了一個嵌著大耳環，把頭髮分爲三個角，插上三根長鷄尾毛的健壯青年，扛著一頭鹿，手拿著弓，氣慨軒昂地回來。豎著尾巴和耳朵的赤犬，吠了兩、三聲跑過來。覓食的鷄掠過女人旁邊慌張地逃去。偶爾永河看到，剛剛若無其事地站著的年輕蕃女的表情有些變化，眼睛濕潤地發亮。青年拍了拍女人肩膀，她挨近扛著鹿的肩膀走向蕃屋。是夫妻嗎？抑或兄妹？似乎蕃人也有愛情存在。那夜晚在浴著月光的車子裡，永河一直把日暮時的情景描繪在腦際裡。

三

永河醒來時已近中午。靠近窗邊，浴著陽光的岔嶺的山容，亮著常綠色。雖是同一座山，可是跟昨天黃昏時看到的大異其趣。代替慈父般的壯嚴，令人聯想到甜蜜乳房的慈母的溫柔，把眺望的人似乎要擁抱在溫暖的懷抱裡似的山峰，柔軟的陽光。而且明亮的海閃耀著黃金色，發出白色光輝的八里分社海灘。遙遠地在海角那邊飄浮的高積雲，一動也不動。看著這寂靜，怎麼想也想不到這兒是人人害怕的瘴癘之地。眺望的眼睛看到林投密佈的山崖下的海時，永河的胸受到衝擊，是船呢？的確是看熟了的船。

「李君，李君！」

向隔壁房間大聲喊叫，可是得不著回應。永河急忙跑到走廊。問了僕人，說是剛剛和主人的張大一起下到海岸去了。

得救了，只是這樣想，腳就輕快起來。在淡紅色的旋花盛開的山岡，猶如飛也似地跑過去。

「船呢！船呢！」

猶如哭泣似的李的聲音。

永河也片刻發不出聲音，只是點頭罷了。兩艘舢舨橫靠著，僕役爲了起貨，正要跨進船上去。

「好極了，非常好。」

張大也微笑了。

最初，下船的是領班的劉。劉來到永河面前，好似有些感動湧現，沒出聲就屈膝，好容易才說：「來遲了」，好似不安似地環視了周遭。當永河點頭時，他就站起來，重覆地說：

「王先生無恙嗎？」

「沒事，得救了！」

這是永河初次給劉的話。

緊急的劉臉上掠過放心的色彩。

「那麼，工具和行李都沒事嗎？」

「是啊，是啊！沒事。」

劉很有精神地回頭看船。

布帛和糧食包依次搬移到舢舨上。當幾個人抬起了大鑊，永河也就發出輕微的安心的嘆息。

不知什麼時候開始，薄雲飄浮在空嶺上。

永河跟張大帶著劉上去山岡上的房屋。

「是的，是十八日。到這時怎麼也沒有吹起風來，起初的三天間停泊在鹿耳門附近。到了十八日，好容易吹起了微風，兩艘船前前後後地揚帆沿著海岸航行，可是中午以後風逐漸大起來，而且也下了雨，波浪如山高地起伏不停，終於被推到黑水溝，如同樹葉一般被玩弄。那時候跟王先生的船在一起，當天放亮時，不知什麼時候開始業已分散了。」

坐子椅子，劉好幾次潤喉，有問必答，講完後問起王來。

永河點頭說道。

「嗯，這可要追朔說，否則就不瞭解呢。剛好在十三日，我們抵達牛罵社（清水）。可是在這兒遇到大雨，怎麼也無法前進。到了十九日，好容易雨歇了，可是洪水卻不退，而且自從前天晚上吹起厲害的南風，就擔心起你的船來，到了傍晚，來自海岸的蕃人說，早上看到北上的船。只是心急而無計可施。二十日，不顧顧先生制止想要出發，可是水量多，河流湍急，沒法子渡河。終於到了二十三日，把大家又安慰又哄地好容易才出發，渡過三條河，可是搬運行李的蕃人中險些有人喪命。每當這樣，給砂糖或布匹，奉承及鼓勵他們，盡可能趕路，不過那天只到宛里社罷了。在這又換了健壯的蕃人，第二天早上一早到了後籠社（後龍），在那兒找到穿了破衣，呼吸斷斷續續的王君呢？」

「咦！那麼，王先生是在後籠附近發生船難啦？」

「不！是靠近中港社那兒。二十五日下午，王先生做嚮導去船難的現場看，只見碎成片片的木頭和木板漂流在波浪間，互相碰撞揚起白色飛沫，我覺得這樣就完蛋了，到底無法採硫了，好容易才抵達這兒，也只好返回台灣府去。不過，一縷希望是你的船。據王君所說，你的船相當前進，也許沒事。只剩下兩、三天的行程，好歹到淡水去，所以到了竹塹社。剛好有人從鷄籠來，說是二十日的大風後，好像你搭的船抵達了。這麼一來，被流走的東西也就算了，但是大鑊之類的東西，一定沈埋在沙裡，無論如何要設法挖出來，也就把王君留在竹塹。不過，直到親眼看見你的船爲止，非常擔心呢？一定從鷄籠回航到這兒來了而覺得快樂，可是昨天抵達也看不見你，我非常失望也不敢說，以爲你還是完蛋了呢！」

「實在對不起，讓你擔憂了。雖然急著要早一點來，可是近來一直吹著南風，沒法子從鷄籠出發。那個地方暗礁特別多，所以謹愼行事。還好，今兒個早上，從天亮時好容易才吹起北風來……」

「那麼，爲什麼到鷄籠去了？」

「是飄流的結果呢。流到遙遠的地方啦！這是黑水溝潮流的緣故。說到十九日那風勢的兇猛，讓人不知身在何處。好容易到了二十日，看到風稍微止息了，就伐了伐槳，勉勉強強抵達鷄籠。如今一想，鷄籠島出現北方，好像繞了台灣一端，飄流到東北方的樣子。」

「嗯，好歹沒事就好。如果連你的船都完蛋，什麼也跟著完蛋了。」

「是啊，是媽祖的保庇啊！同樣乘著潮流而遭到船難，王先生的運氣欠佳。」

「是啊！據王君所說，換了又換，船舵仍然折斷。而且有幾千幾百的蝴蝶繞著船飛舞，好容易才飛散了，代之而來的是在申刻（下午四點）風轉弱時，這一次有不知名的烏黑小鳥幾百隻飛下船。水手說：這是大凶，焚火向媽祖禱告，可是小鳥仍然不飛走，用手趕，用手抓也不逃走，反而好像在訴求什麼似地鳴叫不已。不多時掀起了旋風，船隻就開始旋轉，大家覺得沒命似的，只好禱告媽祖，擲筶，結果船是陰（大凶），生命是笑（半吉），水手以爲也許可以挽救生命，就責備王君，丟棄了貨物三分之一，仍然繼續祈禱到亥刻（半夜十點），好歹看到了像港口的地方。因此想要駛進，可惜那是淺灘。沒法子也就拋了錨。可是到了寅刻（上午四點），那錨被刮走，加上船頭嘎喳嘎喳地裂開，大家向水仙尊王（水神）禱告，無論如何一定能到海岸而做符咒，好容易船向著海岸，立刻撞到岩石，粉碎成片片了。」

也許想起了被波浪玩弄飄流在海上的日子的吧，聽他的話，劉不覺抖顫了。

「因此，王君一行中會游泳的人才泅到海岸……」

「是嗎？」

劉嘆了一口氣。一直默默地聽著他們兩個人的話的張大，黯然呑了口水說道。

「說到昨天的蝗群，他說，如今天變地異之時往往會發生怪事。沿著這淡水河的上游本來有個名叫麻少翁（士林）的蕃社，剛好在三年前的四月，陷沒在水中。在那稍前，好像土地在鳴動，據土官說，有無盡的螞蟻移動了窩。」

「呵！這樣一說昆蟲或鳥具有跟人不同的神經呢！劉君，你有沒有碰見什麼事？」

「嗯，沒有」，劉回答：「顧先生不知在哪兒？」

「說到顧君，從早上就不見了。」

「啊！啊！那位先生」，張大接著說道：「今天一早說是要去看現場，搭了莽葛，進入甘答門（關渡）。」

●中篇

四

比預定更早，五月一日採掘小屋落成。永河接到這消息，次日，以顧爲嚮導，偕一行人分乘舢舨，在淡水河道逆流而上。

左右山峰逼近，唯有留下細細的水路能夠通航的地方，那便是名叫甘答門之處。不像河口的廣闊，好像伸手就可擱到一般狹窄的兩岸，可是一旦駛出峽門，忽然中開變闊，一望無際渺茫的水域，與其說是河流，倒不如說是大湖，對岸隱約看不清楚，水面猶如鏡子般放出白光。

在這水面上伐槳前進，不久在左邊遙遠的地方看到雄大的山峰。比起岔嶺的女性般的溫柔，這座山卻充滿了不可言喻的陽剛性。朝天使勁、憤怒、聳肩，那山容現出不容侵犯的降魔之劍的銳利。

「那就是大遯（大屯）啊！」

李從水手聽這山名告訴了永河。永河點頭，在地圖上註明。

「可以採到硫黃，好像是這座山的托庇，是個火山吧？」

「是，非常可怕的山呢！」

李恭敬的回答。

大遯頻繁地呑吐著雲彩。

再行駛約十里，在青芒叢生的陸地，看到稀稀落落的小屋。

「哎呀！是那邊喲！」

僕役紛紛騷動起來。

約有二十戶，茅草屋頂的小屋，都以山爲背，面臨河流，這邊那邊地蓋著。雖然是好容易才能躲避雨露的簡陋房子，不過上了陸地，永河心中終於要開始做工作的勇氣逐漸湧上來。

「首先最要緊的是安置大鑊在兩個小屋裡……」

「兩個？鑊只有一個呢！」

顧停止在帳簿上書寫，不覺看了永河的臉。

「不！我想，王君一定會找到那沈沒的大鑊。」

「有可能嗎？」

不給他回答，永河只是微笑。搬運秤和大桶的僕役，在青芒草之間忽而出現忽而隱沒，在那上面白蝴蝶飄動飛舞。

「明天把這些草全剷除吧。」

「什麼？」

「是啊！這草太繁茂了些。」

「嗯，那麼小屋呢？」

「大鑊隔壁的六間房必須做爲硫土倉庫。到底僕役的住居需要幾間？」

「嗯，七間吧，大約要七間。」

「七間？好吧。」

「那麼廚師怎辦？」

「是啊，那邊有兩間連在一起的小屋。廚房和臥房需要兩間才夠。這樣一來只剩下三間，這變成咱們的住所了！」

「五月，新居落成！可是多簡陋的住所呀！」

嘴巴這樣說說，顧靠近勤快地幹活兒的僕役，敏捷地分配了宿舍。

住在有大夜合樹（合歡木）的最高處的小屋，永河把它劃歸爲自己的住所。雖然岔嶺在山背處看不見，可是遙遠地可看到連接那山的平坦台地和反射白光的河面。

偶爾傾聽就聽見隆隆的似山鳴般的聲響。可是並不是山鳴，也不是流水聲。永河想，也許那邊山中有瀑布在響。

夜晚，睡在徒具形狀的臥榻，那聲響更加強烈的敲著耳鼓。可是怎樣聆聽也不知從哪兒響起來的，永河沒法子確認。代替牆壁的茅草隙間，夜風吹進來。有時竹柱子發出咯吱咯吱的聲響。這好比是自己一個人被拋棄在山中一樣不安。吱吱吱地，在小屋內外蟲子鳴叫著。這好像是在耳畔鳴叫一般。這到底叫永河不容易睡著。幸虧是山崗的緣故吧，蚊子倒少。特別討厭蚊子的永河，從行李中取出避蚊布放在枕頭旁，好像幾乎用不著了。

挺了身，從窗往房外看，在黑暗的天空裡宛如沙粒般的星星分佈著。而似河面的地方有數不盡的螢火蟲一明一滅。看了片刻，遺忘好久的旅愁襲了上來。顧先生有沒有睡著？他要找尋鞋子，把腳伸到睡榻下時，沙沙地搖動腳下的草，有東西爬過去。是蛇？這樣想的時候，脊背發冷。白天，爲了找尋安置大鑊的石頭而進去草叢裡的一個僕役，被蛇追趕，呼吸急迫地跑回來的情景，鮮明地浮現在腦際裡，說到蛇，以爲牠是慢吞吞地爬行的，可是白天的蛇是如飛也似地快速。永河暫時紋風不動。於是靜靜地躺在臥榻上。爲了趕著幹活兒，沒有時間去割草的吧？

什麼因果關係，自己在蕃人、蛇和硫黃的土地上流浪？無論多麼喜歡旅行，到了自己這樣的年齡，大概都和小孩爲伴，栽菊花沈迷於閒居三昧的吧？是誰在這比蕃人小屋更遜的邊疆草蘆中，終夜不睡而輾轉反側？如果讓故鄉的老母得知，她會怎麼想呢？把身體髮膚始終置身險境的自己是舉世無比的不孝者。老母所住後房，杏樹今年是否也開起淡紅的花兒來？事實上，看到那美麗的杏花已是三年前的事了。那以後也就沒見到她。如果幸虧獲得硫黃而無恙返回閩土，這一次一定先去看老母。到了白髮斑斑的這年歲，依然懷念母親，珍視母親呢！在心裡如夢出現似地描繪著寄託在別人家的母親時，黎明的風早已掠過了永河的肩膀。

飛上去的群雀鳴囀聲，不斷地響著。下了坡，永河靠近水邊。映著昨天搭來的舢舨影子，早晨的河水緩緩地流著。充血的眼睛覺得河風涼爽。悄悄地蹲著捧水時，有人叫著「先生！先生！」

站起來看，僕役頭的劉拿著某種細竹般的東西，邊叫邊跑過來。

「怎樣啦？」

對著這樣尋問的臉，哈哈地吐氣說道。

「箭，這枝箭。」

「什麼？」

「昨夜這枝箭射了進來了。」

遞給他的是蕃人獵鹿時所用的銳利的箭。瞬間，永河的心緊張起來。劉吞了口水說。

「這貫穿了睡在一起的水手胳臂呢。」

「……那麼，生命怎麼樣？」

「是，生命沒危險。」

「有沒有人受傷？」

「沒有。剛好是深夜。忽然這漢子呻吟起來，點燈看，右胳臂貫穿了這枝箭。因此仔細檢查，另外有一枝插在枕頭的布上。」

「那時有沒有出外去？」

「是，立刻出去外面，可是黑暗……」

「看起來不是流箭，好，我會去查。爲了免得其他人緊張，不要告訴別人。」

「是，那麼這漢子怎辦？」

「嗯，治療之後，勞駕，你把他送到淡水張大的家。」

「好，我立刻帶他去。」

劉再度跑進草叢裡。

爲什麼射了箭？知道來採挖硫磺而特地做令人不痛快的事？或者是對特定個人的怨恨？無論如何，這麼一來，前途叫人擔心。早一天要走上跟蕃人合作的路才好。這樣一想，爲了給張大寫信，他離開了水邊。

過了兩天，五月節到來。

在福州市肆上，舉行熱鬧的扒龍船競賽，載了遊客的遊江船，在水面快樂地來來往往。

他回憶去年在江上迎接的福州五月節，永河命令廚師做了雄黃酒和粽子，岸邊設壇，做了驅邪的禱告。

飲了雄黃酒而快活起來的僕役，手裡拿著招福的樹小枝走來走去。永河咬斷粽子之一角，投入河底。爲了憑悼在汨羅投江的屈原之靈。

把這種看不慣的活動，以困惑的臉色觀看的是一個蕃童。年約十四、五歲吧，只穿著兜襠布的裸體，手臂、腳和整個身體都削瘦，但似乎都很健壯。拿著有竹柄的芧槍，頻繁地歪著頭，永和忽然覺得有趣，就給蕃童粽子，做了吃的樣子給他看。起初他非常懷疑，害怕似地嚐著，不久表現了喜悅之情，揮手拍胸，發出莫名的奇聲，消失得無影無踪。

到了正午，僕役爲了取得午時水進去河中。這來自在五月節的正午所汲的水，不會腐敗，患熱病時有藥效的信仰。

由於張大的緊急召令，八里分、麻少翁、內北頭、外北頭、鷄州山、大洞山、小鷄籠、大鷄籠、金包里、南港、瓦烈、擺折、里末、武溜灣、雷里、荖釐、繡朗、巴浪泵、奇武卒、答答攸、里族、房仔嶼、麻里、折口等各蕃社的土官全部集合是在日斜很久之後。這些蕃社都屬於淡水總社，土官們互相紛紛問起不知發生了什麼事。永河把早已準備的薄酒，讓土官喝得夠後，看準適當時機就說道。

「此次奉政府之令，我擔任採硫黃的任務。希望大家不吝協助我。當然不是白白幹活。帶來硫土一筐就給布七尺。」

他說話的內容，分別由懂得意思的人傳給土官間傳播開來。

顧在永河致詞之後，從倉庫拿出布匹，代替樣本，把一丈多的布送給每一個土官，並且做爲禮品分配了沙糖塊。土官們說，從明天開始，立刻叫社內衆人搬硫土，而以很高興的表情回去。

「這樣一來，不會有夜半飛箭射進來了。」

永河跟顧相對笑開。

這時候，有人在永河的脊背上戮了一下。回頭去看，是剛才的蕃童呢。手上拿著許多蕃石榴。看他向永河伸出手，好像是答謝粽子要回敬他。

「出乎意料之外，蕃人也會知恩圖報呢！瞧！這孩子要把這送給我。按這樣子，採掘之事會意料之外地順利也說不定。」

永河雙手滿滿地捧著蕃石榴難以處理。顧用手勢問那蕃童：「你知道出硫黃的地方嗎？」

然而，蕃童似乎不解其意。再三做了硫黃出土的模仿動作的顧終於放棄。河面早已現出黃昏的七彩雲。逐漸入暮的五月節，晚風靜止，河上沒有一點兒細紋，竹林好像死去一般動也不動。格外紅的西空雲彩似乎在回憶跟今日惜別。

「莽葛，莽葛！」

突然蕃童大聲叫著走進水邊。

以永河而言，這是他唯一懂得的蕃語。凝視廣闊的那邊河面，可以看見似黑點的東西。聽他說而看，正是莽葛。搭乘船來的是淡水社的蕃人嗎？這個時候來，也許帶來了張大某種緊急的訊息。搭乘的人正在揮手。但是以西空爲背，那人的臉卻看不見。

「喂！」

聲音在附近的山峰形成回聲，低低地掠過河面。

「喂！」

也許被聲音所驚動，從淺灘的青蘆草中，白鷺快速地飛上來，向痲少翁蕃社方面飛去。莽葛到岸。飛也似跑過來握緊永河的手的，正是在竹塹分離的王云森。

「郁先生，有了，有了，大鑊不用說，其餘刀、斧、鋤頭及金屬器具幾乎全找到了。」

「好極了，得救了，上天並沒有拋棄我！」

永河回握了王的手。

「東西都運到淡水來了。也許明天就送到此地。甚怕你擔心，非常焦急，所以只有我先到。」

「謝謝！工作終於明天要開始」，永河這樣說著回頭看顧：「五月節，上上大吉啊！」

跟操莽葛來的淡水社蕃人不知說些什麼的蕃童，等待著三個人談話停頓時，大步來到顧面前，指著自己點頭。這一次顧目瞪口呆，好容易才判斷，這蕃童在告訴他，知道硫黃在哪裡的事。

五

七日早晨，永河和顧、李一起搭乘莽葛去探險硫黃。王從抵達小屋的那夜患了猛烈的痢疾，所以也就沒法子同行。由於船難後浸在水裡，導致腸子不適。爲了照顧他而留下的僕役頭劉安慰了覺得委屈的王，其實劉本身也因被迫留下而覺得遺憾。

在莽葛的船頭，蹲著那拿茅槍的蕃童；指揮著水手。從河的支流向北前進，朔上羊齒植物茂盛的狹窄溪間曲折穿過。不久因水淺無法前進。

那條溪水的盡頭也就是內北頭社。蕃童用手勢表示自己是屬於此社的人，率先跑進草叢中。爬著險峻的上坡，可以俯瞰龍眼樹叢裡，垂到地面的長茅草中的蕃屋群。

快要通過內北頭社時，蕃童吹了口哨。於是比蕃童矮一些的少女走出來，兩個人站著說話。是個圓眼可愛的少女。想給她東西，所以永河找了懷中，可惜沒找到適宜的物品。蕃童從少女接到有紐的小物品，掛在脖子就揮了手向東走去。不到半里，小徑已經沒有了，連接有茅草和八重葎密生的原野。這些茅草比人高，動不動就看不見前面的人。

蕃童用槍柄分開茅草，開始唱起奇妙韻律的歌。顧很怕落後也就快步前進，可是青草的熱氣太激烈，身體被蒸得汗水橫流。仰望時，從茅草之間的灼熱的太陽照射，連躲避的地方也沒有。腳下有吱—吱地爬過去的東西，一看那就是大蜥蜴。

「喂！你在哪兒？」

左邊有人呼叫。是永河一行在喊叫。

「喂！在這兒哪！」

顧也大聲回答。不知不覺中跟永河分散了。在這樣的地方失散就完蛋了，顧擔心得時常自己呼叫起來。然而只注意腳下，不覺中慢了四、五步就看不見蕃童，每一次都以蕃童奇妙的韻律歌為指標追趕。因此，不知不覺中聽不到永河一行的聲音了。

不久茅草原野盡了，走到潺潺而流的溪流邊。不知疲累的蕃童，輕快地爬到大石上，等待著永河一行顯身。顧也爬到那大石上坐下拭汗。這好比是通過火焰中來一般的痛苦，不知不覺中手背有兩條成形的紅腫。

突然，蕃童吹起尖銳共鳴的笛子。看了一下就知道他在吹剛才從少女討來的有紐小東西。那是樂器呢，顧覺得新奇似地看著那小笛子。好像是用竹子作成，尖銳的聲音忽高忽低在山峰間形成回聲。也許是對永河一行的信號吧，可是等待的人卻不見出來。

蕃童暫時站立在石上，可是留下意義不明的話，突然翻身，發出沙沙聲音隱沒在茅草間。偶爾會聽到尖銳的笛聲好似雲雀的鳴囀聲。顧悄悄地下了石頭，脫下鞋子，把腳浸在溪流中。宛如切割身體似的寒冷。他有蘇醒般的感覺。溪流的正對面是蓊鬱的原生林。有兩個人抱的大樹上糾纏的葛籐，樹梢高處寄生的蘭花，啄吃果實的小鳥，這跟剛剛走過來的茅草原野的單調有著大不同的風趣。想躺在河邊草叢的顧，不覺身體僵硬起來；茶褐色的蛇，紋風不動，正要撲過來。

「百步蛇！」

慌忙地跳開，顧爬上了石頭上，心裡亂跳。蛇維持了那姿勢片刻，而後又無聲息地隱沒在草中。雖然蛇消失了，可是顧卻不想從石頭上下來。

「走了又走全是茅草，不知怎樣才好。」

永河紅腫著臉，用肩膀呼吸著，從茅草間出現。在他後面蕃童和李也出現了。

「我又在這兒遇見了百步蛇。」

這樣說著，顧好容易才走到溪流旁，穿上剛才脫下的鞋子。永河也蹲在岸邊洗了臉。不久，蕃童順著溪流向北的方向走去。未到狹窄的地方，就採著石頭，過了溪流，進入黑暗的原生林中。這一次爲了不失散，永河跌腳好幾次，但一直跟踪在蕃童之後。腐朽而倒下的樹木可能就這樣變成了肥料，也有從倒下半腐朽的大樹樹幹生出另一棵樹木，亭亭聳立著。疑是大蛇而靠近，卻是老藤蔓而已。也有像城堡一樣，堅定地伸展氣根，那氣根每一枝粗大如樹幹，是具有幾百年樹齡的榕樹。俗稱榕城的福州市街也多榕樹，但是沒有一棵像此地怪物似的榕樹。此外，又有比人頭更巨大的果實纍纍的大樹。那葉子裂開如海盤車狀，具有傘一般的大小。剛才灼熱的暑熱消失，在這不見天日的原生林中猶如身體的芯有也會冷凍起來的寒冷。

永河又聽見了始終擔心的如同山鳴似的聲音。聽到嘩啦嘩啦的羽搏聲抬頭一看，是隻帶有綠色和紫色的美麗尾羽的大鳥。

「這是什麼鳥？」

永河發問，可是沒有人知道。

爬過了令人胸悶的幾處山坡，又到了另一條溪流。在大岩石和大岩石之間的淤塞的藍水，沖下去就立刻變成奔流，咬著岩石，水沫四賤。顧跑過去把手伸進去，卻不覺跳開叫道：「喔！喔！是熱水，熱水呢！」

永河也用手指摸摸看，的確是熱湯。硫黃流出的地方大約不遠了。鼓起勇氣，把在原生林拾到的杖作爲依靠，採踏著不好落腳的石頭，再前進了二、三里，樹木消失，前面現出低矮的裸山。

不知是否神經過敏，鞋底逐漸熱了起來。仔細一看，這附近的草呈黃色而枯萎，好像枯死了。攀登至裸山頂，眼下立刻開著紅色肌膚的深谷，從赭黃和藍靛的硫黃噴氣孔，濛濛的白煙升上。河谷之寬度大約有百畝。猶如地獄的大鑊，現出什麼都要燒盡的樣子，整個山谷沸騰。周遭的群山面對山谷的大部分由於硫黃之故而燒焦，呈現血一般的赤褐色，這兒那兒屹立著的巨大岩石也因硫氣而片片脫落。於是，整個山谷帶著震耳欲聾的鳴動，給眺望的人帶來強烈的眩暈。

只是，烈日與熱氣所造成的這淒厲的形狀，不知用什麼來比喩才好呢。下來這如同焦熱地獄的硫黃谷，這一定是再也不能回頭的死亡。白煙也許含有有毒瓦斯，頭痛和嘔吐襲上了永河一行。

沈默而互相對看，好像要滑下去似地降下原路山側。令人頭痛的如百雷齊鳴的死谷憤怒的叫喚，始終跟著他們。

「是啊！我明白了。」

永河不覺自言自語。

「是什麼呀！」

顧納悶似地看著永河的臉。

「我說是那聲音呀！時常有奇妙的山鳴聲音傳來小屋。我以爲那是瀑布，可是今天到此，好容易才弄淸楚那眞相，那是搖動硫黃谷大地的聲音。」

「嗯，比預期還要厲害」，顧點了頭：「如果能夠直接從那山谷採到硫黃就好了。」

「是不容易吧。」

李也皺起眉來。

「不！如果是我們就不行，不過，蕃人就可以去到那山谷附近採土回來。」

永河這樣回答時，不知正在找些什麼東西的蕃童，轉身像脫兔一般爬上了山的斜面，他迅速地隱沒在山頂影子裡。

「怎麼樣了？」

顧首先開始擔心仰望山頂。白煙像薄雲般流逝。連小鳥也沒有住在這兒。所有的生物都沒看見。

這是不安的一剎那。雖然想好歹他會回來，可是聽著天地的怒號，也就誤以為他墜入谷底了。耐不住的李，拖著腳，再度爬山。沒有嚮導，再也沒辦法回到原地了。

可是還沒有爬到山頂，蕃童出現，跳躍似地走下來。由於紐子斷，丟掉了笛子，才去找。

六

用不著他們擔心，附近各社的蕃人，不分男女，都在莽葛上載著硫土運過來。他們按所交的分量，從僕役頭的劉領到代替工錢的布，就高興的撫摸著布。雖然硫土分為帶黃色的，和帶黑色的，並不相同，但含硫黃多的硫土卻有光澤。

僕役把硫土收進倉庫裡，每天拿出所需要的硫土，放在草蓆上用大槌打碎成為粉末。打碎的硫土好幾天曝曬在陽光下，等到硫土完全乾燥，才運到有大鑊的小屋。在小屋裡，被選出的工人，在大鑊裡放進油十多斤，燒起薪材來。當這油充分煮沸了就一點點地用好手法添加硫土，使用把竹子綑綁為十字架的攪拌器，充分地混合起來。於是硫土中的硫黃慢慢地被油所誘出，不久一點點地分離。於是，用大杓子撈取放進小桶，讓它自然地凝結。殘留的硫土跟油黏住，於是又加油加土揉和起來。

如此地大鑊要塡滿，需要八、九百斤的硫土，如果硫土品質佳，又油的加減適當，大約從一鑊可以獲得四、五百斤的硫黃。

儘管如此，薪材再多也不夠用。火力弱，硫黃分離的比率也就減少。爲了使兩個大鑊獲得足夠的火力，顧率領僕役到內北頭社去，闢開茅草原野，做了一條到原生林的路。可能的話不要把採硫土的工作全推給蕃人，想造路到硫黃谷，直接運回來，可是這是行不通的。不過，顧並沒有放棄這計劃，命令在一定的方向繼續修路。幾百年來免於砍伐的原生林，如此這般地每天其中的幾棵引起地面震動，從根部倒下去。

蕃童每天都到永河這邊來玩，看著製煉的情況。不久獲知蕃童名字叫做那漢。永河用漢字那漢來代替，記住了他底名字。此外，用莽葛搬土來的蕃人，起初看起來是一樣臉孔，後來習慣了也就逐漸能予以辨別。

採硫工作似乎全都順利進行。

可是不到十天之內，僕役中有人開始發高燒。這熱病，帶著惡寒和疼痛，很奇妙地隔了一定的間隔而襲上來。病人發出夢囈，不知夢見了什麼，多呻吟著說：「鬼呀！鬼呀！」

當燒退問他們時，有人說被鬼用大鐵輪緊扣住了頭，有人說在頭部附近鬼拿來了焜爐，其餘又有人說，不，那鬼拿來大扇子送來了冷風。有人把小心保存的午時水拿來喝，可是並沒有任何效果。由於沒有治療的方法，任憑他們痛苦，可是一天比一天罹患同樣症狀疾病的人增加起來。永河完全猜不著發病的原因。有時認爲是來自硫黃的毒害，可是沒從事提煉工作的僕役也患病，這就讓人不懂了。

歪著頭納悶的時候，甚至七個廚師一個個地倒了下去。已經沒有人煮飯了。永河想起他要離開台灣府（台南）時，衆多人忠告的話，這才知道有道理。如此下去，病患只等待死亡了。無論如何要挽救他們才是，這樣想的時候：「乾脆把病患送回台灣府吧！」

顧也思索了片刻，神情黯然地抱著胳臂說。

「除這以外別無他法。」

「有關此事，我要拜託你，你帶他們回去。」

「咦！我一個人嗎？……留下你？」

「沒法子呀！你抵達了台灣府，立刻把新手兒僕役派來！」

次日，病患搭乘舢舨或莽葛駛向淡水。病患中包括了瀉肚不停的王云森以及外觀健壯的僕頭劉。與其舉出要回去的病患名字，倒不如數起跟永河一起留下的人數較快。抵達時一行人將近有百人，可是現時留在小屋的，包括永河在內僅有三人。其中一個人是患了熱病怎麼也不答應回去的李澤成，另外一個是姓謝的，身子雖矮，但是個忠實而正直的僕役。

這個謝僕役順便幫忙送到淡水，據他兩天後回來的報告，病患分乘永河的船及另一艘商船，今天黎明時獲得北風，揚帆出港。心中禱告一行人無恙抵達台灣府，用不習慣的手切著廚房裡的青菜。永河天生就不是健壯的人，一時也不能離開人參或白朮的體質呢。儘管如此，並沒有罹病，如此爲達成目的可以留下來，這完全是上天垂憐的結果，他也就熱淚盈眶了。

責任感強烈的李，不聽永河制止，燒退時就一起走出戶外，指揮著蕃人。蕃人依舊輪流運來硫土。六間倉庫已經幾乎沒有收容硫土的空間了。永河想，直到新工人來到以前這樣子置之不顧是不智的做法，雖然蕃人沒經驗，但仍然讓蕃人試著去做提煉的工作。蕃童的那漢最有用。不知不覺中靠看著學，久而自通，也學到製煉的方法。向那漢學習，其餘蕃人也開始擺弄起大鑊或桶子。由於不懂油的使用方法，硫黃產量相當減少，雖少可是小桶裡每天都有黃色硫黃的凝結。做成的硫黃積存，就用莽葛送到淡水張大之處，可是要獲得五十萬斤不知是何年何時，想起來就有些心虛了。

幸虧，謝沒有罹患風土病，能幫助永河，輪流在烈日下往來於原生林。爲了使硫土的搬運方便，依照顧的計畫，在原生林中開闢路，所以督勵蕃人，繼續砍伐。五月以來連續有晴天這情況非常不錯，可是那燒焦似的暑熱卻眞正叫人無法忍受。蕃人在這樣的勞役中沒露出疲勞的樣子，只要給東西就歡喜幹活。而且蕃人很少患病，只是語言完全不通，互相的意思不好溝通，常常浪費時間。

就在這樣情況下，李的發燒越來越高，因惡寒而發抖，專說些夢囈。看到沒有食欲、臉色土黃昏睡的李，永河咬住嘴唇，想到從遙遠的福州把他帶來，共甘同苦的他，不讓他此時死去。有人來訪的樣子；是那漢來了。一個年老的蕃女脖子上掛著串有許多貝殼的首飾，隨他後面進來。削瘦的手裡拿著黑色樹根般的東西，老太婆用永河不懂的奇妙語言禱告，繞了李的周圍兩、三次後，在地面上起火。

次日，李多少恢復了健康。但，永河相信在這透風的茅房中讓病人長久躺下去不個辦法，也就附了短箋，決定送到張大那邊。這樣被告知的李，答應到淡水去，眼睛淚汪汪的，一個人搭上那漢搖槳的莽葛。想到萬一發生了事時，被歡送的人及去歡送的人都黯然神傷。映著叢林影子的河面，載著病患的莽葛安靜地駛了下去。

七

進入六月以後，每天到了午後就下起雨來。

早晨萬里晴空，可是過了中午，從大遯北方出現烏黑的雲，眼看著它覆蓋整個天空，嘩啦嘩啦的下起大粒的雨來。下雨時躲在小屋子裡，透過茅草屋頂，雨點點滴滴的滴下睡榻，濡濕了永河的衣衫。當然製煉的工作也不得不停止。

永河耳聽蛙聲，把他所看到的蕃人風俗做成七言詩。

夫攜弓矢婦鋤耰
無褐無衣不解愁
蕃罽一圍聊蔽體

雨來還有鹿皮兜

這是個無聊的日子。

過了九天之後好容易雨不下了。把濡濕的硫土和器具曬乾，再次開始製煉。

可是這個月剛好是這附近蕃社的豐年祭，服勞役的蕃人數量銳減，生產硫黃遲遲沒有進展。

十三日時，永河被那漢帶去內北頭社。土官看見永河前來就舉雙手歡迎。頭帶羽飾，身穿麻布織物和有紅色毛線的披肩。隨著土官的吩咐，腰邊只圍著短布的年輕蕃女，拿著竹筒靠近，自己先嚐嚐看筒內東西，叫他喝。喝了筒內東西，才知是米酒。釀酒是年輕女人的工作，女人咀嚼米之後吐在筒內釀成酒。味道很不錯，當永河喝乾時，那蕃女非常高興，毫不生疏地竊竊私語。當然永河是聽不懂的。

社內中央的廣廣場，宰了幾頭鹿，深紅的血流著。男子用酒杯舀血喝乾，圍成一個圓圈。

遲晚日居留什
遲晚眉
街乃密乃濃

街乃密乃司買罩悶
打梢打梢樸咖薩嚕寒嘆
樸咖薩嚕末馬喈嚼喈
麻查吱斯麻老麻薩拉

好像是祭典之歌。

進入圓圈內，做禱告的是永河眼熟的那老太婆。當她把上半身屈伸時，胸前貝殼叮叮噹噹地響著。看到那漢，他也喝筒內的酒，樂得亂跳。

歌反覆的唱下去。

遲晚日居留什
遲晚眉
……………

番社入口處嘈雜起來。可以看到被女人圍繞的溪水社通事張大肥胖的身軀。張大早已紅著臉。緊握著女人遞給他的竹筒，來到永河旁，做了相隔很久以來的寒喧而笑著說道。

「這種光景，不是眼看到的那麼輕鬆啊！你必須多吃多喝，否則他們不高興呢，不管怎麼樣，他們的確是樸實而單純的人。」

「聽說是豐年祭，是嗎？」

「是啊！在那兒唱的歌，你知道嗎？意思是這樣的：

祖公啊
祖母啊
請來享受
這酒，這飯、這菜
托你庇蔭年年歲歲
在東在西成熟的稻米
扛不盡的鹿群

簡言之，是喜悅之歌。這時候各個蕃社連續有祭典，我必須一個個地非到不行。」

圓圈散開。漢子看到通事就抬著鹿圍攏過來，永河十分瞭解蕃人信服張大。

窺伺附近的蕃屋，巨大的瓢及漂亮的鹿皮懸掛在土壁上，而沒什麼東西的泥土地板的一角落，裸體的幼兒和豬一起玩耍。

繞到後頭的儲藏間時，從楠木下那漢跑出來。那漢不知什麼時候就拿著茅槍。他沒發覺永河在，就吹起高昂的笛聲，穿過蕃社一直跑到原生林的方向。於是一個少女瞬間現身，追趕在那漢後面。少女立刻追到那漢。兩個人跳開也似地從永河眼前消失。

永河不知不覺地走上茅草中開闢的赤色的路。當走到原生林旁流過的溪流，看到了十二、三個蕃女，露出光滑的肌膚正在洗澡。岸邊大岩石上，那漢和少女並肩坐在一起吹竹笛。從那竹笛想起要去探險硫黃時碰見的少女。

原生林上密密層層地出現的夏天積雨雲，受到午後之光，亮著珍珠色，女人在那雲下，迸起白色飛沫在綠色水流中扭轉著身子。也有抱著幼女，把身子埋進奔流裡，隨著水流流著，恍恍忽忽地閉著眼的年輕母親。也有爲了符咒起見，把上游的水汲進漆黑的瓶裡寶貝似地拎著的中年女子。

從岩石下那漢滑落下來，跑到水邊，剎那間手握的茅槍飛向溪流。拉出了槍柄就有刺中脊背的大魚飛濺著水沫，尾巴左右接著跳躍。少女嫣然一笑，下了岩石。離開少女之手的香茉莉白花留在石頭上，從這岩石到另一岩石，鶺鴒搖著尾巴飛去。

洗浴完的女人，從油壺裡取出鹿脂，細心地擦進肌膚，摘下岸邊芬芳的青草插在頭髮裡。

陽光把山峰染成紅色，晚風吹得原野裡的茅草波浪般搖曳，女人在起伏不停的落日波浪裡，拎著油壺走去。從原野邊響來了祭典的笛聲。

不久，十三夜的月光照遍了蕃社。

豎起尾巴的蕃犬在社內跑來跑去。

廣場上燃起了火。

蕃人不分男女，圍攏著那火，互相喝著酒，拍手歌唱。

穿著以樹皮和狗毛混雜織成，有奇妙圖案的毯衣，遮掩著乳房，在腰間圍繞著用鹿血染的短麻布的女人，扒開圓圈靠進火旁，手牽著手開始跳舞。發出咻一聲奇聲的那漢跑進那圈子裡，朝著天空拉緊了弓放了箭。帶有羽毛的箭發出颼——的一聲射上有北斗星的天空，不知飛向哪兒去。

「這個孩子已經成年了。」

張大把燻烤的鹿肉連同鹿骨一起吮吸，向永河嘟喃著。

當女人的舞跳完之後，這一次輪到男女拿著盛酒的竹筒，穿著裝飾有斐字形貝殼的紅上衣，顯得非常高興。那漢開始跳舞以前不客氣地來到永河面前，笑著露出缺少門牙和牙齒的前齒。

「咦！成年同時也要入贅？恭喜！恭喜！」

張大誇大地說，又喝了酒。當相戀的男子的婚約決定時，有互相都鑿齒的風習以及蕃人的家族制度爲母系中心的事實，這一次永河才獲悉。

酒宴不知什麼時候才結束，皎皎月光下，跳舞的男人腳下有小小影子也亂搖。

被張大所勸，永河初次吃了鹿肉。

轟隆的山鳴有兩度響起來，這和平常聽慣的硫黃谷的地鳴有些不同。淒厲的叫人喪膽的山鳴呢！

接著輕輕地大地鳴動。

永河不覺站了起來。

蕃人不知喊些什麼，一起吶喊著。

看了山峰，令人害怕的大遯山頂上，沖天的深紅火柱直豎著，那尖端變成濛濛的黑煙，由北流向南，似乎要掩蓋十三夜的月亮。

蕃人慌慌張張地東跑西竄，個個想先跑進自己的小屋裡。

鹿骨和竹筒四處散亂著，在那上面不久燒熱的火山灰落下來。

「跳進溪流！跳進溪流！」

永河這樣大叫，可是蕃人卻聽不懂。

他想叫張大傳達此意而去找他，可是被亂竄的人群所阻擋，看不見他肥胖的身軀。

「那漢！那漢！」

永河聲嘶力竭的喊著蕃童的名字。

山峰、流水、蕃社、天空，所有的一切宛如火炎般深紅。

●下篇

八

挫傷的腳痛，過了幾日也逐漸痊癒。

只是看不見那漢，令人擔心，不過連續發生的各種事件，使得永河不得不相信人力無法挽回的「命運」。只要他無恙，一定會來找他吧，這樣想著躲在茅房裡，過著單調的日子。

發揮了那暴威的大遯如今偶爾會噴出薄煙，安靜得猶如未曾發生過任何事情。

每天早晨，在龍眼樹上黃雀鳴囀不已，而到了晚間，吹拂過涼爽的風，時序已邁入了七月。

七日黃昏，供了聊表心意的酒，祭祀了七娘媽。隨著暗夜來臨，夜空有沙粒般的銀河從北到南流著，牽牛、織女的鮮明碧光，刺痛了眼。

說到七夕，永河忘不了風習之一的拜床母。爲了使生來身體弱質的永河健壯，母親每年在這個日子裡祭供眠以米飯、肉脯和酒，燒四方金禱告。這來自於小孩所睡的眠床有名叫床母的守護小孩長大的神存在，來保護小孩的信仰，而永河的童心感到這禮俗非常窩心。這一天吃到的圓仔甜甜的滋味，令上了年紀的他永遠忘不了。而且很奇怪的，在這一天記起來的母親，永遠是年輕的，薄施白粉和胭脂的母親是美麗的。當拜床母的祭祀完畢時，看著穿過星星間移動的七日月，母親在院子設的香案上插花，祭供水果，焚香。如今永河猶記得清楚，母親把堅硬的香粉折半抛向天的那手腕的潔白。

又過了約一個禮拜後，輪到中元日來臨。永河從後山的竹林裡砍來一枝巨大的竹子，在那竹子上裝了小小的桃燈。爲了要在河灘豎立，叫謝拿了根杭，正在打進的當兒，身旁來了個神思恍惚的人。

「你不是那漢嗎？怎樣啦？」

永河吃了一驚停下打杭的手。

「那漢呀，我很擔心呢！」

然而那漢只是點頭，手指後頭。他看到穿過茅草，四、五個蕃人靠近來。「是這樣嗎？是你帶來的？不過：：：」

他非常懷念地說著，這才想起跟那漢語言不通而噤了聲。不管如何，那漢無恙是令人高興的。他壓住想責備他爲何不早一點來的心情，永河盯著那漢看。可是那漢卻垂頭喪氣。來找他的全屬於內北頭社的蕃人。只有一個人勉強懂得漢語；據那男子說，災害出乎意料之外的輕微，倒下的茅房大半修復如前。

「好極了！」

當永河點頭時，當翻譯的男子說出實在很難開口，不過請給些布料，硫土以後一定採好送來，這種意思的話。

仔細查問的結果得知，關於缺乏孕婦和嬰兒的布料而陷入困境的樣子。永河爽快地答應，命令謝給他們所要的布料。把這句話翻譯的人告訴了他們的吧，蕃人幾次說著聽不懂的話點頭答謝。於是一個男子指著竹子說了話。翻譯的人說明他在尋問大人幹什麼？

「啊啊！這叫做燈篙是要招來亡靈的。」

「亡靈？死人？」

「是啊！」

做通譯的男子一副不太瞭解的神情告訴了大家。聽到的人皆有訝異的表情，擔心地瞪著燈篙。在蕃人的世界裡，死人是污穢的。把那亡靈特地招回來是無從瞭解的事。這時候，那漢說了些話。

「這孩子問，那亡靈眞的會來嗎？」

聽到通譯的話，永河點頭說道。

「是啊！會來呢。」「死人叫做鬼。陸上的鬼以這燈蒿爲目標都會來集合。此外，爲招回在水裡死而變成的鬼起見，在河流放水燈，這樣做必定會來。」那漢眼睛亮著，一句話也不漏地聽著通譯的話。

雙手抱著布料，謝回來。蕃人領了布料，攤開來又折疊甚爲高興。那漢搖動著通譯的手臂似乎在訴求。

「大人」，通譯的男子叫著說：「這孩子的女人，前一次火降下時，墜崖而死，這孩子拜託大人放水燈呢。」

「什麼？」

永河吃了一驚，臉色驟變，原來如此，他用黯然神傷的表情看著那漢。蕃人只留下那漢，又消失在茅草裡。目送他們的永河，想起了那天穿過茅草原野到溪流時，跟那漢並肩坐在岩石上的那明朗的少女倩影。

「那漢。」

他把手搭在肩膀上，沒法子交談，只好叫謝拿著杭，用勁地揮動起鐵槌來。

當河灘豎立了燈篙，爲了料理祭鬼的豬和鷄，謝於是返回廚房。

抬頭看沙沙地發出葉子磨擦聲的竹子，這一次爲了那少女以及在中港遠海溺死的人，永河想，必須做水燈祭祀他們才好。

在小屋旁跟那漢爲了做骨架把竹子又劈又削的永河，聽到來自河邊的人聲。不是蕃語呢。不覺站了起來挺身看，卻是僕役般的男子正從舢舨上卸貨。也許是顧差來的接辦人員吧，永河迅速地跑下去河灘。

果然，他們是新來的十二個僕役。也許航海平安無恙的吧，沒多少顯出疲累之色，精神奮發地扛著貨物，進去被指定的小屋。

他們說：他們只是先出發的隊伍，以後預定會來新手。而顧先生到福州去，八月時會從福州直達這兒。

長久時間寂寞難堪的謝，高興來了十個人說：「今天是中元節，做更多的佳肴吧。」於是就叫新來的人幫忙，急忙又宰豬煮油拼命幹活。

此外，那裡面有個叫廖的，知道永河想做水燈。

「好了，讓我來！」

自動幫忙，夜晚以前立刻很靈巧地做成了十多個水燈和花燈。

永河感嘆而讚美他說：「糊紙工也比不過你。」

廖搔了搔頭說：「嘿！大約有兩年時間做過徒弟呢。」

誠然，在僕役的名義下來這北陬之地幹活的人正是三敎九流的人都有，永河感到莫名的親切感。雖僅有十二人，但好似從長期流放在孤島上被挽救出來一般不拘泥地高興，那夜隔了很久之後才多喝了幾杯。

僕役歡天喜地盡心咂嘴吃豬肉和菜，猛灌酒。

惟有那漢沒法子溶入這團欒，坐在桌子的一個角落，默默地啃著蓮霧。

「那漢，去放水燈！」

這樣說，臉上發燒地走出小屋時，在竹林上空早已出現很大的滿月，河面在夜裡看起來一片白色。

嘩啦一聲不知什麼東西掠過去。

永河蹲在河邊，給水燈點了火。

悄悄地放在水面上，水燈搖晃著，五個、六個，安靜地流往下游。

永河合掌。

那漢猶如被迷上的人，盯盯地看著映在水中的黑暗燈影漸漸遠去。

好像起風了。在兩個人頭上燈蒿的燈有如即將消失似地閃爍著。

次日早晨，永河還在睡覺時，謝變了臉色跑進來。說是新到的人中有三個罹病了。走去看，昨天的好精神不知跑到哪兒去，由於激烈的瀉肚和發燒，呻吟著在臥榻上亂滾。他發覺來到不習慣的風土裡，突然飽食一餐，亂醉是原因，永河羞愧自己的疏忽。

可是，到了十七日傍晚，又出現五個病人。永河受到異常的衝擊。思考著不知怎辦才好而出外想返回小屋的永河，停步看著奇怪的落日。

那正是剛要西沉的太陽；可是那太陽全沒有了光。恰似玻璃畫一般，透過鉛色的薄雲，只現出紅紫色毫無道理的巨圓。周遭早已變成灰色，但那患病也似車輪大小的落日看起來遲遲不見沈下西邊台地。

半夜裡，吹起猛烈的北風。由於風聲，永河好幾次醒過來，到了黎明時，風越來越厲害，終於帶著令人害怕的吼聲。

打開了門，草木皆像波浪般搖晃著，彎身避風走到僕役的房子，十二個人皆呻吟著，昨天留下的四個人，現出同樣症狀，因從隙間吹進的風抖顫著痛苦不堪。在那旁邊忘卻做飯，謝呆若木鷄似地看著罹病的新夥伴。

轟隆——山鳴響著。站在門口的永河怕被吹走，緊緊抱住柱子。發出嘎喳嘎喳的聲音，旁邊合歡樹從中折斷。披頭散髮的女人一樣，搖晃著枝椏的相思樹，瞬間也連根倒掉。

這樣一來，連返回自己小屋也很危險了。整天價風像阿修羅般發揮了暴力。到了夜晚，似乎靜了一些，可是變成風雨交加，更加激烈地變狂。茅草屋頂滴下了雨點，病人因惡感痛苦。永河無術可施，只好在房子一角落沒火氣的地方呆然坐著。

由於寒氣和空肚子，一夜未睡地茫然過了夜，從十九日到二十一日，風越來越強，硫土倉庫、住所大半都坍塌。

令人害怕的山鳴和衆樹的吶喊，不知什麼時候才會停歇。

二十二日早晨，一陣激烈的旋風，破門而入，把病人所睡的小屋頂吹到天空高處。屋頂猶如蝴蝶般被風所翻弄，立刻打到山腹。接著兩支竹柱嘎吱嘎吱地響而折斷。

永河吃了一驚，拿到斧頭突然跑出戶外。不知什麼時候增加了水量，濁水滔滔，波浪啃著雙岸，流木像支箭向下游流去。

爲了支撐小屋的棟梁，選擇堅固的細樹，揮動斧頭，可是每當風吹過來時身子動不動就搖晃著，沒砍下六棵樹就精疲力竭。

加上水勢越來越大，這樣下去水比風更危險，這當兒謝也跑出來。連日的看護病人，謝也疲憊之極，剛剛還在睡，可是不客氣地敲打臉頰的雨使他驚醒。

「完蛋了，移到舢舨去。」

永河說著丟棄了斧頭。謝驚訝地看著河，把褲管捲到屁股，進去水裡。繫在岸邊的兩隻舢舨幸虧沒有流去，在水中互相碰撞。

不久，兩個人把重病的病人每次抱一個出來帶到舢舨。發燒較輕的自己執杖去坐船。永河拾起掉在地面的木板或屋頂毀壞的東西，在橫躺著的病人上面搭上臨時的雨篷。

「到哪兒去避難？」

拿著槳，謝問道。

「最好去淡水，去淡水張大那邊。我守護這小屋。」

用繩子繫在一起的兩隻舢舨，離岸後立刻搭上水流，像葉子般搖晃著流下去。

獨自留下的永河，從頭淋透，走到提煉場，防備大鑊流失而緊緊地做成木架。

不過正在做這些事的當兒，水量越來越增加，小屋內也有水入侵。沒法子就拋棄小屋跑出戶外，可是水卻濡濕了腳後跟，漲到大腿，到後山時已經漫到胸前。如果躊躇不前，很有危險。永河決心越山到內北頭社去，就揀適當的樹枝做拐杖，跟風雨搏鬥，在沒有路的山走去。有幾次滑倒，跌倒中大約走了三、四里，可是方向錯誤的關係吧，過了很久也沒能抵達蕃社。

雨像石礫一般吹打在臉上，而且周遭越來越暗，起碼也要找到避雨的地方才好而去找尋，終於發現大榕樹纏繞的岩石旁有個空洞。放了個心走進裡面，那裡卻有陌生的兩個蕃人蹲著，猶如責備這突然的入侵者般，四隻銳利的眼睛，把永河的整個身子掃了一遍。他害怕地不禁站立不動，但已沒有力氣從這兒走出。每當風狂吹時，枝葉稀稀落落地散滿一地，雨像白煙，流瀉在稍暗的谷間。

蕃人蹲著起了火，燒烤一隻鷄。聞到那香味，已忘去的空肚感叫胃疼起來，永河脫掉上衣說道。

「用這交換好嗎？」

好像他的意思被理解了，一個蕃人拿了濡濕的上衣看後，遞給他一隻沒燒好的鷄腿。永河雙膝靠近火旁，咬住那半烤熟的鷄。

入夜，風越來越兇暴，山鳴不已。可是到了二十三日天亮時，雨住了，風也衰退，中午時，烏雲流動之間，可以瞥見碧空。

永河指著自己的臉及山那邊給蕃人說。

「淡水！淡水！」

兩個蕃人點了頭，帶著永河下山，他在路中等待時，不知從哪兒抬出莽葛，讓他搭乘。山下一片汪洋，好似湖水一般。小屋連片瓦也不存，在一瞬之間都流走了。他想，大鑊很重也許沒流走，不過假定流走了，我這生命得救，一切皆是命運，沒半句怨言才是。

雲散了，太陽開始照射，永河仰望太陽，把還沒乾的內衣曬起來。

莽葛左右搖晃，下了河流，可是被奔流所玩弄，有幾次從頭上濺下飛沫。蕃人很巧妙地操著槳避開流水，可是快要和本流匯合的地方波浪洶湧，好幾次險些翻船，最後弄得前進困難；這也難怪，跟舢舨不同，這是隻獨木舟呢。蕃人不知嘟喃著什麼，改變了方向，駛回去。不過倒回去也很危險。逆流而行終於駛到山下，就看見陌生的巨船在；這是平常無法駛進支流的海船。

吃了一驚抬頭看，有人在甲板上揮手。剎那間，永河懷疑起自己的眼睛來。

「是李，是李啊！」

失了中心，莽葛一下子向右傾斜。蕃人慌忙地把身子挪到左邊，避免翻船。他的確是五月時患了病下到淡水去的李澤成。

巨船載著永河，次日二十五日下去一片汪洋的淡水河。隔了很久，疲憊的眼睛從近處看到坌嶺是那麼清爽。緩和的稜線，越升高，越險峻，美好的山頂聳立在中空，山麓被海洋洗著，八里分蕃社的沙灘描繪著白色的曲線。

李陪伴著坐在睡榻的永河，照顧得無微不至。永河在內心裡驚訝那麼病重的人也會痊癒而像個幼兒甘願接受他的厚意。

跟張大商量的結果，爲了挽救永河，把要返回台灣府的船特意回航的也是李呢。

「整夜風狂暴地吹，也許有意外而擔心極了，直到看見了你。」

對這樣表白的李說道。

「嗯！謝謝你。很抱歉讓剛痊癒的你冒這個險。病在剛好時最重要，需要注意調治。」

「是啊。已經沒問題了。」

李滿臉笑容。

「病人狀況如何？」

「是啊，去看看吧」

李立刻起身下去船艙。

由於下雨而把他們移到山岡上有困難，張大把下河而來的十二個病患，全部移到這艘船，一俟風止息就要送去台灣府。昨天從李聽到這消息，雖是不得已的措施，但爲了自己一個人開船讓病人受苦，永河覺得非常抱歉。

「先生！好像有一個人不對勁。」

「是嗎？」

「病況不妙呢。」

永河吃了一驚，站了起來，急速地踩了樓梯。令人悶得慌的病人熱氣，使得船艙中呼吸困難。去看了一下，他是糊紙的廖呢。廖臉色土黃，嘴巴裡說些不知意思的夢囈，眼睛無神，早已不是活人的樣子。在旁照顧的謝，好似說完蛋了而抬頭看他。然而，永河靠近鼓勵他說：「廖啊！很苦是不是？忍耐一下。」就把水湊近他嘴邊。可是連喝水的力氣也沒有，水卻沿著臉頰滴滴嗒嗒地落下。

在那夜裡，廖嚥了氣。永河憶起放水燈的中元節，打算把他埋葬在山下安靜的地方。等到潮退，二十五日的清早，巨船抵達淡水岸邊，永河叫謝揹負著廖的屍體，跟李一起下船。病人中有兩個病輕的人不願回去而跟隨永河。邊攀登山岡，回頭過去看，巨船業已向台灣府啓碇。懷著複雜的心思，片刻間永河盯盯地目送它。

九

從二十九日開始的四晝夜，大暴風雨襲來，河水漫出，變成洪水。

爲了把廖的棺木埋葬在令人懷念的那片竹林裡，帶著謝來到山麓的永河，再度攀登後山，好容易才得避難。這次卻沒遇見上次的蕃人，咬著謝搜來的草實樹果壓住了饑餓感。不理會如今是颱風季節，暫時別去的張大熱心挽留的話，他有些後悔出來的自己淺見，但一想到有做水燈回憶的土地能夠埋葬廖，也多少有安慰了。

到了八月四日，雨完全止住，風也平靜下來。天高氣爽的天空，照射著溫暖的陽光，沒被捲走的大鑊上迷糊的蜻蜓飛舞著。

兩個人把疲憊已極的身子托在舢舨回到淡水。連精神頗佳的永河，到了山岡上的房屋就頹喪失望，迷迷糊糊地睡了兩、三天。李很擔心，一直陪伴在永河枕邊。

不過，四天之後，永河站了起來，拜託張大重建採硫小屋。張大爲永河意志堅強而有著深刻的感動。

過了中午，一艘巨船進港來，永河帶著李走下山岡。但那不是等得焦急的船。

「知不知道名叫顧敷公的船？」

這樣問的時候，好似船主的商人說道。

「是，我知道。顧先生的船同樣在五日從福州出帆。」

「咦！五日嗎？」

「是啊，可是……」他支支吾吾而可憐似地說：「航海中卻遇到了風。我的船好容易才突破來了，可是顧先生的……」

「……」

「被流走了抑或去避難？」

「是不是沈沒了？」

「不！也有船沈下去，顧先生的船似乎得救了。」

「這樣嗎?」

永河頹喪失望而垂頭喪氣。

想到本來就討厭水的顧，在海中不知怎樣地受苦，也就沒法靜下來，雖知道是徒勞無益，養成了從那天起每天到海灘去眺望遙遠的水平線的習慣。盯盯地凝視著蔚藍的海洋就想起淼淼地連在一起的海那邊的福州，也回憶少年時他常撒嬌的亡父。

十五日下午，有人來訪問永河；那是那漢。隔了好久才見的那漢已是大人模樣了。他來告知小屋落成的消息，透過張大的翻譯獲知此事，永河非常高興，叫來李和謝兩人，立刻差遣到山下的現場視察。

而後帶著挽留下來的那漢下到海灘去。眺望遠海，已變成每天應做的事，一天沒去看一次心就不安。

在貝殼散開的沙灘坐下看著嘩啦嘩啦地流到腳旁的波浪時，沒回到台灣府的兩個病人，也許無聊吧，在水邊跑過來。

「不想回去嗎?」這樣問道。

搖著頭說:「顧先生的船還沒看到嗎?」

站起來說:「嗯!真的太慢了。」

兩個病人開始揀起卷貝殼，永河看了片刻，忽然拍了那漢的肩膀，指著對面的岩山跑起來。當然永河不敵那漢，眼看著有很大的差距。

「喂！那漢！」

這樣叫他。也許聽不見吧，猶如疾風一般跑著。到頭來，永河在半途停止跑步，走過去，可是胸膛鼓動好快。

那漢跑上岩石頂，向這邊站著。這座岩山是永河散步之際所發現，位在北方，因爲和北斗七星有因緣。所以命名爲七星岩；登在頂上可以看到遠海流經的黑潮。

「那漢，跑得快極了。」

舉了手這樣說，也許懂得這意思吧，他笑著下了岩山。

兩個人避開海風，在岩石暗處坐下來。沙沙地波浪不停挨近而不碎，碎了之後又散開。

「不知在哪兒，找了好久呢。」

回頭看，是張大。哈哈地搖動肩膀呼吸，拎著很大的竹籃。驅動了肥胖的身軀的吧，那額上滲出大粒的汗珠。

「中秋節了，卻什麼也沒有，至少獻上一杯吧。」

張大在白沙上盤腿而坐，拿起竹籃蓋子，從中取出酒瓶和烤魚，請永河用。

看著澄清秋空上細絲般的卷雲，漂渺的波濤起伏，對酌而喝的酒味，別有一番風味滲透在牙齒裡。

「那漢，喝吧！」

永河遞給他酒杯，倒了酒。

海岸的芳香無法形容。

那漢一口氣喝乾了。

「很會喝嘛。」

張大看著可靠的那漢說。永河報以笑容。

「總之，他不懂漢語是瑕疵，不過如果讓那漢說，也許他會說彼此、彼此吧？」

當酒瓶成空時，太陽在坌嶺西邊沉下，月亮上升，變爲黃朱色。登上七星岩，讓衣衫隨風嘩啦嘩啦地飄動，再度眺望海洋卻看不見船影。那漢讓波浪玩弄著腳，盯盯地看著遠海。

張大把竹籃挽在手臂上，在沙灘上走起路來。

灰了心，永河也踏起沙沙作響的乾沙。

三個人的影子拖得很長，片刻之間太陽已全沉下去，東方上空很大的中秋月亮上升。

令人覺得悲傷的明亮皎潔的月亮。

歷經幾年秋天，此時的回憶，再度衝到心頭。

「就這樣回家太可惜的月亮啊！」

永河停步。因酒而發熱的臉上吹過來的夜風非常涼快。

「到紅毛城去吧，藉著月光也許可以走到。」

張大揀起拍到沙灘的流木走起路來。

忽然在耳畔響起了哭泣似的竹笛聲。似斷不斷，嫋嫋如抽抽嗒嗒的哭聲。專心一致地吹奏竹笛的那漢的一顆心，永河感到深刻的憐憫。

「這個孩子很可憐，在噴火的那天晚上失去了未婚妻。」

「是這樣嗎？」

張大似乎初次聽到，驚訝地看著那漢。本想要講些話而動了嘴唇，又復有所思而默默地行走。

紅毛城位在張大家的山岡隔著一條河谷的丘陵上。渡過谷間小溪流，穿過草叢上去，就看見月光之下發暗的紅磚的城牆。垂著好幾條氣根的榕樹，猶如壁虎般黏上牆壁，在風中搖晃的常春藤閃爍著光的影子。

由於腳步聲而停止鳴叫的草叢蟲，沒走完十步又開始鳴叫。

站在城門上，月光的海洋，有點點的漁火，聽張大說，八里分的蕃人，夫妻要共乘一條莽葛，終夜在射魚。永河站了片刻，隨著陶然入醉的好心情，朗朗的吟唱起即興的詩。

莽葛元來是小舫
刳將獨木似浮飄
月明海嘯歌如沸
知是番兒夜弄潮

月亮高掛在古城上空的天中央，三個人在龍舌蘭上落下濡濕的影子。

十

於是過了十天，在林投繁茂處的彼方有巨船入港。

船桅上所掛的黃色三角旗在微風中飄揚，永河心酸地望著。

是顧敷公的船呢！

銅鑼響著，船在靠岸的地方下了錨。

群集的舢舨靠攏在船邊。

貨物下船。

人們下船。

「顧先生！」

握手之際，不覺淚水滲出來。

「對不起！讓你久等了，五日開航的。」

「嗯！聽說過了。八日入港的船已經告訴我，船的行踪不明，我非常擔憂。」

「是嗎？碰到了可怕的事啊！」

「流到何處去的？」

「詳細說起來是這樣的：五日啓碇的時候狀況頗佳。風穩定，波浪平靜，我非常高興，可是第二天要過黑水溝時突然開始吹起北東風，前進就非常困難。仍然克服困境前進，看見朦朧的鷄籠山峰而放心前進，可是同行的陳家船卻碰到暗礁立刻碎成片片。由於潮流關係從來未曾發覺那兒有暗礁，因而害怕，急速地改了船舵逆水而行，可是被風追趕而一瀉千里，到頭來流到定海鎮山啦！」

「什麼？定海鎮山？」

「嗯！眞是白忙一場，來往海峽又回到了起點。於是在那兒避風，經調查的結果發現船上各種工具中，在漂流中毀去大半。因而又忙著去買來補充，好容易要出帆時，這一次西岸一帶又是狂風暴雨。等待風靜下來就啓碇，可是遲了這麼多天。」

「總之，這一下好了，叫我全放了心。我這兒也有許多話要說。」

永河邊登上山岡邊思考應說些什麼。於是，顧就想起了一些事。

「要出發去福州以前，從台灣府派來想當僕役的一些人，他們怎樣了？」

「可惜他們剛到不久就生病了。」

「咦！是這樣嗎？還是不中用。這一次從福州帶來約四十人呢。」

這樣說著顧回頭去看船。多數工人和僕役驚奇似地指著看不慣的樹木和山峰。

「秋風開始吹，相當涼快了，工作大約可以順利進行。」

永河雖如此回答，可是並沒有把握。那天下午又來了一艘巨船。

桅檣雖已折斷，但那是永河眼熟的早先送回台灣府的船。

而且指揮僕役二十人，來的是僕役頭的劉。

永河聽到在海峽漂流到南方，困難的航海後好容易才來到，永河高興它的好運。不幸的時候連續發生不幸，可是好運來臨時會發生連接好運，他越來越深信上天所安排的「命運」之骰子。

次日二十六日，晴空萬里的坌嶺聳立右方，七艘舢舨朝氣勃勃地繞著甘答門駛去。

於是看著在逼近對立的兩岸蒼鬱的樹木，僕役頭的劉感慨說道。

「說眞的，沒想到再度會渡過這地方。」

因這句話，永河想了起來問起跟劉一起回去的病人，也回答卻說幾乎大半的人剛回台灣府不久就死了。

「是嗎？」永河有暗澹的心情：「在如此的情形下，你卻自告奮勇地回來。」

「是啊！揀回了生命就想再來，而且顧先生也勸過我。」

「不！你來得好，幹活兒有經驗是緊要的。」

這樣說著這一次什麼都會順利的預感充滿了心胸。

啼了一聲在水面上低飛過去的，正是翡翠鳥。

岸邊蘆葦沙沙作響。

大遯連峰在那山頂上隱藏著雲彩。

不久看見了嶄新的茅草小屋。先到的兩個人揮手迎接。這兩個人是沒回台灣府的病患，奇蹟似地病況好轉，正等得不耐煩一行人的到來。

將近六十位工人和僕役，一旦安頓在小屋就很快地在顧的指揮下，做大鑊的修理，備齊新火鍋、桶和秤，乾淨利落地進行採硫的準備。掩沒身子的芒草和茅草，眼看割了乾淨，如今正等著開始製煉。

沒月亮的那夜，星星格外美麗。大火（火星）業已沈沒在西方台地，南天有北落師門（星名）閃爍著蒼白光芒，天上也有一番秋天模樣。在窗前點了燈，永河和顧相對，從昨天白日兩個人去探訪的紅毛城，再三論到海防。

「紅毛人一旦占領了土地，首先建造的是城堡。安平如此，淡水如此，我雖沒看見可是鷄籠亦然。這應該是他們首先想到的是國防。比起來中國的所謂有識之士卻毫無定見。以前紅毛人看中的淡水，正如我們昨天看到一樣任其荒廢，沒有一個人提議整修。說起來從淡水到台灣府中的南崁、竹塹、後龍、鹿仔、二林、臺仔、乞㘓港的七港，更南邊的蠔港，打狗、下淡水三港，全無防備。縱令沙硬、水淺，戰艦不容易進來，不過如果利用潮汐，配以短艇的話，攻進來卻極容易。也許這好比是給釋迦牟尼說佛也說不定，不過戰略不一定按常規進行呢！把一部分兵力抽出佯攻鹿耳、安平，而事實上從這些港口一下子攻進來，占領台灣猶如把嬰兒的手扭歪般容易。其結果，這島嶼再淪陷在紅毛夷狄之手，那麼再也不能恢復我國的版圖了。僅是鄭氏一族占據此地，要把它收復就費了不少苦心，何況是有遠大的志氣以策劃國防的紅毛?西仔（法國）之類領有了此島嶼的話，中國就頻臨危險。可是此地的官員並不著眼於此，而且也不顧朝廷的命令前往赴任，在台灣府置公館，徒然享有富裕，比起國家的經營更重視一家的私利，眞是醜態之極。想到這，想到那，我就無法安靜下來。」

永河熱心地講下去，顧屢次點頭。

「正如你說的一樣，但是世事總不能按照理想發展。中國海邊如今海盜出沒，四十年來，兵戈不停，很難照顧到這島嶼。一部分嘍囉姑且不論，很難相信大官那麼缺少關心。」

「不！不！絕對不是！」，永河搖頭，想要拍桌似的振奮說道：「我以前聽說過某個大官如此信口開河。台灣猶如在手上弄圓的黏土一般的小土地，而且住在那裡的是裸體紋身的蕃人，在這國家非常之時，爲何自找苦吃，哪有在這不毛之地投入錢財經營的必要?不如放棄算了。每當想起此話，猶如煮沸自己臟腑似的痛苦，你所說的，應該是本末顚倒。江蘇、浙江不用說，連閩、粤沿海被海盜所蹂躪，事實上是沒防備台灣的結果。他們海盜若沒有根據地那能飄忽地入寇?那根據地一定在這台灣。由於放置不管台灣，因而縱令發動大軍，把目標的一部分海盜消滅，也像海灘沙粒一般爭亂不停。這只是海盜的話還不嚴重，假如安南、呂宋等夷狄進犯，在此建立基地的話，令人毛骨悚然呢！」

這猶如吐火似的熱烈辯論。從永河嘴裡聽到這類話，在台灣府跟他重溫友情以來的初次。認知永河慷慨的一個層面，這朋友不單單是一個冒險家，顧非常高興。顧笑著說道。

「我是被朱公（鄭成功）俘虜的人，沒資格去談兵，台灣的西岸一帶遠離山脈，要獲得大石很不容易，究竟築城是多困難的事。做為實際問題，你如何去看待？」

「竹子！」

「是啊，君子愛竹，但士人也應愛竹才是。此島嶼的竹子跟中國竹子不同，是叢生的，根部互相連結，枝葉錯綜橫生，節皆有刺。因此，只要圍繞兩、三層竹林，不用說是箭，連火箭也穿不過來。竹子有彈性，也許比起石頭來有更強的防禦力。比起運搬土石來築城更不需勞力，保持平地現狀，可以很簡單地使它變成金城湯池呀。」

「嗯，這是個好主意！」

顧不覺拍著膝蓋說。原來把此地說成化外之地或瘴癘之地是錯誤之極。現在從甘蔗所搾的糖年產約五、六十萬，米、麻豆、鹿脯的收穫十多萬，只要經營得宜，以田千畝來供給數萬人每日食用的增產也很容易。比起中國貧瘠的土地來，其實是南海的樂土，這世界的淨土啊。

夜風吹進來，燈火微微搖晃，似要熄滅，可是永河卻不介意。

「雖說如此，但是顧先生，使此島變成眞正的樂土，必須除掉許多弊害。那最大的一個，首先是社商的問題。」

「社商？」

「是啊，深入蕃社，對著蕃人擴張勢力的是社商，幸虧這淡水社通事張大有志氣，抑或離開台灣府太遠，沒看見不愉快的社商，可是中、南部的弊害就很大。我從台灣府出發直到這兒，每到蕃社就注意觀察社商的作風，他們都是驕傲自大的，全都是在中國無法謀生的人，可以說是人間渣滓。這些傢伙趁著沒人，巴結通事，以通事委託他辦雜事為奇貨可居，不知不覺中獲得控制蕃人的實權。可憐蕃人連一隻鹿、一粒粟，都沒法子自己處理，一切要經過社商之手登記。看到蕃人裸體就說天生不知寒冷而剝脫他們衣服，看到他們露宿就說他們不會生病就侵吞官府支付的衛生費，指他們揹負重擔走遠路就看做他們如牛馬而酷使他們，這些社商揩油蕃人，自己卻暖衣飽食。萬一有蕃人懷恨而去告官就巧妙地行賄，反倒叫通事去責備蕃人。因此，蕃人崇拜害怕社商，超過他們所信仰的祖靈。顧先生，這種狀況置之不理可以嗎？雖然只是短暫的來往，我非常瞭解蕃人純樸的個性。雖有智力之差，跟我們的人情並沒有差別。到了冬天一定會覺得冷，下雨時就渴望在家過夜。縱令是牛馬生病時一定會痛苦，何況是人？給一帖藥也是應該的。這樣的事情位於高階層的中國人一點也不曉得。這是由於無賴的社商介於中國，掩住上級官吏的眼，阻礙下情上達。我回去之後，優先把此事建議上司。我要說，越是化外之地，新附之民，越應派來可做模範的第一流人物才是。」

顧以為永河是把地理與風俗紀錄在筆記本，但在不知不覺中卻在調查治政的微妙，一直同行的顧更對永河感到深刻的敬畏。他率直地說出了自己的心情。

「把一切傾吐一空，我也輕鬆了不少，我想要討論這些事，其實是你所致的。採硫的工作好容易上了軌道，非常放心，禁不住把平常的鬱憤講了出來呢。」

永河發出了笑聲。

十一

天天都有載著硫土的莽葛往來於河上。用秤稱了之後，就代替工錢給了布料和糖。

有人用槌敲打運來的硫土爲粉末。

有人把粉末的硫土攤開在地面上曬乾。

有人把曬乾的硫土放進大鑊，加油攪拌，分離硫黃。

有人把分開的硫黃載在舢舨運到淡水。

——採硫的工作順利，以驚人的速度進行。

幾乎沒人患熱病。

永河以爲這是暑熱遠去的結果。事實上，比起炎熱如烤的深夏，這些日子裡好像做夢一樣過得舒服。烹調過的食物不腐敗，夜裡獲得充足的安眠。加上暴風雨過後的緣故吧，眼看蚊子也減少許多。

永河忽然想到深夏時唯有自己沒罹病，這恐怕奪走許多生命的也許是惡劣的蚊子所致。自己非常討厭蚊子，始終掛了蚊帳，的確有效，因此吩咐工人和僕役，每晚燒剛砍下未乾的木頭驅蚊。此外受到洪水的教訓，這一次的小屋盡可能蓋在高地，比起河邊來一下子蚊子減少了許多。

工人每天早晨開朗地交談，整個身子塗抹沙糖進入製煉小屋。羨慕似地看著這情景，有些蕃人小孩揀起漏下來的沙糖。

想起往昔害怕沒命而戰戰兢兢地幹活兒，猶如做了一場夢。想到返回閩地也不遠的某一夜，睡在床上的永河透過蚊帳看見奇怪的火在燃燒，吃了一驚而跳起來。那火兒如陶器般的碧色，在離地三尺的地方亮著，不久就消失了。好容易才想到原來是燐火，可是好久忘不了那令人害怕的光。

可是過了三天，又看到更奇怪的燐火。這一次卻像火炎般帶著紅色，約有簸箕般大小的很大的光。由於那光太強，以至於反射在小屋，永河所睡的床邊朦朧地亮起來。睡在靠近門口床上的顧好像還沒發覺燐火，納悶地問永河。

「你在床下點了什麼火嗎？」

「別開玩笑，那火來自你枕頭邊呢！」

「咦！」

「回頭去看門口，燐在燒啊！」

「燐？」

顧慌忙起身，把脫下的衣褲重新穿上跑出門外，不過那時候光亮變淡了。

「嗯，是山中怪異呢，世人慌張地說是鬼火，原來是燐火。」

次日早晨，淡水派來的使者說，五月開工以後積存的硫黃約有五十萬斤，如何處理它，請他回來指示才好。

「好，我去查查看。」

顧立刻跟那使者一起下河駛去。

究竟在這地方逗留的日子有限了，由於是辛苦經營的土地，有依依不捨的感覺。二十九日，永河只帶了李一個人去內北頭社。蕃屋的排列雖稍有改變，但那廣場，熟悉的大楠樹都依舊。豬鷄尋食而跑來跑去也跟三個月前一樣。

秋天晴空，連一片雲彩也沒有，風吹動芒草雄花上無數蜻蜓在飛燒。

拿著漆黑水瓶的蕃女盯盯地看著永河走向溪流。

有人從對面跑過來。

是個腰佩蕃刀，雙手拎著魚的年輕人。

「那漢！那漢！」

這樣叫住了他，那漢笑著誇示似地把兩尾魚給永河看。魚活蹦亂跳，而那漢也變得更活潑，險些看錯了。似乎是要把魚送給他。把一尾魚遞給永河。李接過去拔掉旁邊一根草，從魚鰓通到魚嘴，可以拎著走。那漢眼睛眨也不眨地盯盯看著，也模仿他，用手拎著，不知喊叫什麼，跑去蕃社。

目送他離去，永河覺得輕鬆起來。

中止到溪流去，回來山下，就有顧等得不耐煩了。他慌忙地說：「舉杯慶祝吧！不單單是五十萬斤呢，積存了更多更多。在淡水，船正在等著載貨。」

「好，今天把酒全都拿出來，喝完了也不礙事。」永河打從心底開朗起來，命令廚師準備酒。顧看了他拎著魚就問道。

「這是什麼一回事？這條魚是？」

「那漢送的」，永河回答。

「穿到籤子上燒烤好了。」

顧跑去拿薪材。他一刻也無法安靜下來。

好像過了很久，又意外地短促，以不可名狀的心情，永河心酸了。看到連懂得事理的顧也像小孩一樣歡鬧，又想起所有勞苦，這也不能怪他，眼淚湧上。

那夜很晚，把醉酒的身子躺在睡榻，昏昏沉沉地睡著的永河，因掠過耳畔的箭頭聲而驚醒。箭射到在旁邊床上睡著的顧的枕頭上。假若再高二寸，就會穿過頭部。酒也醒了，永河跑到星空下，可是不知道是誰放的。初次來到此地時曾發生過一次，如今面臨要撤回時發生這壞事，不知如何解釋，他難以瞭解。

不管是瞄準了顧抑或自己，不知爲何對我們懷恨。

由於對蕃人懷有深刻的感情，好容易才明朗的心情又復暗淡起來。

可是隨著黎明來臨，永河又想回來。衆多的蕃人呢，偶爾也有心狂的男子出現，不過不能由此單一個人就把所有蕃人當做兇惡之徒，那麼他們也就永不得救了。

永河拿著那箭頭下去淡水。

正當康熙三十六年，秋十月四日。

在港口早已裝好了硫黃，出航的準備也已完成。水手所敲的銅鑼聲在波浪上流盪。

想到在這一生中沒有重逢的機會，張大到底也有話悶在心頭，只管咬住了幾次嘴唇。

「祝你健康！」

好容易這樣說了，永河卻背向他搭乘了巨舶。

唯有坌嶺今日格外晴朗。

起椗解纜，兩艘巨舶，揚著深紅的帆離開了岸。

目標是閩地。

紅毛城，山岡上的房屋、七星岩、閃閃發亮的沙灘。構成這背景的帶有雲彩的大遯火山群，漸漸遠去。

如今，從左舷所有看到的是白色波浪碎成片片的八里坌蕃社。山頂上帶著太陽，在中空輪廓分明地聳立著坌嶺。

可是，不久這也會成爲碧綠的海洋彼方的一個點而消失，唯有太陽在永河的頭上高高地燦爛著。

——譯自《文藝台灣》一九四二年三、四、五月號

龍脈記

西川滿作
葉石濤譯

一

有個東西叫做龍脈，這是構成中國特有的風水思想的根源，在社會生活上跟民衆有不可切斷的關係，依地理師——簡言之，主張一個國家的吉兇禍福不用說，甚至一個國家的消長，一切皆由土地的選擇來決定的風水先生——的說教而言，天下龍脈之源出自於那崑崙山，從這兒有五條山脈通向東、西方，裡面有三條東行而橫斷中國大陸，數千條支脈構成千百條的小山脈到處出現。

台灣的龍脈是構成南嶺的一條山脈，到了福州的五虎山一度似乎消失不見，其實這南方龍脈從這兒入海，通過海底在基隆登陸，而後一個勁地通向南方，直到鵝鑾鼻終止。簡言

立石鐵臣之火車頭版畫

之，今日所謂的台灣屋頂的中央山脈，構成了由五虎山來的龍脈主脈，從這主脈向東、西分爲衆多支脈，像網路一樣覆蓋了整個台灣。

龍脈通向的地方是風水上的吉地，形成噴水口狀抑或獸形的土地，特別稱爲「穴」，被認爲是生機存在的上吉場所。如果在這「穴」上埋葬死人，那麼屍體會適當地腐朽，骨頭呈現鮮明的赤褐色，依其功德，死人子孫會繁榮獲取高官厚爵，或者成爲千萬財主。如果能夠埋葬在名叫「皇帝穴」的風水上，上上大吉之地，其子孫有帝王之命。

因此，以前明朝洪武帝朱元璋，知道福建省有個「皇帝穴」，害怕將來有人奪去他的帝位，便派遣部下中最通曉風水的周德興，叫他破壞那些「穴」。

機器局的德國工程師別克爾的倒霉來自於他所測量而將要敷設的鐵路，遇上了這樣的龍脈。在風俗習慣不同的眼裡，映出的清國人的日常生活幾乎都是頑劣的迷信罷了，所謂龍脈，頂多只是既無害又無益的迷信中的一項。

光緒十五年春，好容易從大稻埕到水返腳將近十二英里的鐵路完成，從這兒去的前面是蜿蜒重疊的山地，工程遲遲未見開展，每遇到一座山，一處山丘，別克爾聽膩的話題就是龍脈。

向來別克爾所苦的是，清國軍隊素質的惡劣，以及不爲公益先要飽肥私壞的軍官赤裸裸的收賄，使此次雪上加霜地幾乎不可抗力的龍脈問題從正面囂張起來。探勘地質，完成測量，將要鑿開時，一定有部落的長老會來抗議說，此山屬於龍脈，希望換個地點，或者將要塡滿溪谷時，此地是風水極佳的良地，如果破壞會遭到報應而士兵躊躇不前——每當此時，性急的別克爾就氣憤地說：這種愚蠢的工程不幹了，而返回六館街，是常有的事。

把這樣年輕的別克爾隨時安慰，猶如親哥哥一樣，溫和地說服的是擔任機關車（車頭）裝配工作的總工程師比特蘭。

「你一個人要放棄工作，那是你的自由，可是你別忘記你是德國人。假若現在你放手不幹，會被全世界的人譏笑德國人連一條鐵路都無法完成。當工程完成時，無聊的糾紛，艱幸的工程，誰都不會把它當做一回事，堅持到最後的人才能獲取榮冠。以一日千秋的期待等著你放棄的是那善於處世的人，到底是屬於哪一個國家的人，你有沒有想過？」

這樣被他說，好歹想回來，次日早晨儘快回到現場，但看到逗留在民房偷懶的軍官，在枕木旁高興地玩葫蘆運賭博的士兵，好似只有自己一個人勞苦而覺得非常生氣。把這憤怒壓住，叫自己裝傻，只好做了沒必要的迂迴而敷設了鐵軌，對不太瞭解的部落民衆和士兵所叫喚的龍脈表示敬意，連一個隧道也沒做，只利用左右逼近的狹窄溪谷的小小空地，像螞蟻爬路般繼續前進，好容易在光緒十六年庚寅之夏，工程進行到距基隆一步前的港仔口。於是又重覆了幾次失敗，在此地架設了××呎的鐵橋，碰見的是獅球嶺——又是個龍脈。

「眞不像話，士兵連動都不動。」

好似極力爭辯似的軍官廖的話。

「不動？那是你下令的方式不對。叫士兵動不就是你的任務嗎？把這樣的事告訴我，有什麼用?下令叫他們動起來吧。」

直直地翹起來的美麗鬍子微微抖顫。

「每一次你都下令,可是這兒是龍脈呢!有些事是下令也沒用呢,可是……」

「又是龍脈。」

猶如惡言惡語似地說道,廖就喘不過氣似地說。

「是啊!是龍脈。士兵不動自有其道理。如果荒廢了龍脈,不但是一家一族甚至子子孫孫都永劫不復。」

「不是士兵不動,而是你不叫他們動。」

「……」

「你藉口士兵,想爲自己消災,來吧!」

別克爾把白晰的臉紅漲起來,走出小屋,因昨天的雨,基隆河發出滔滔聲音流過去。比起那河水的混濁,獅球嶺猶如剛洗過一樣呈現濃綠色,山容的皺紋一條條手指能擱到一般顯得逼近。

「你知道那座山嗎?」

廖沈默地望著別克爾嚴肅的臉。他並非矮個子,可是身高只到別克爾的肩膀。

「我問你,你認識那座山嗎?」

別克爾發脾氣重覆地說,廖扭歪著嘴。

「知道啊，至少比你更懂。」

「哼！你知道獅球嶺！」

「當然知道，我做爲劉大人的部下跟西仔（法國）軍打過仗。衝破黎明時的濃霧，跟大人一起攻占了獅球嶺呢，怎會忘掉？」

看到廖逐漸興奮起來，別克爾卻故意緩緩地開口。

「似乎你比我更懂得獅球嶺的歷史。那麼你應該知道獅球嶺並非忽然出在我們前面。清法戰爭不用說，從更遙遠的過去，這座山一直存在。」

瞥見一下在山麓騷動的士兵，廖卻困惑之極。

「一開始就明白連結基隆和台北間的鐵路早晚會碰到這獅球嶺。你老說龍脈，可是如果是必須閃避的龍脈的話，欽差大人不可能命令建設鐵路，你剛才驕傲地說跟欽差大人一起攻下了山，那麼爲什麼不幫忙欽差大人畢生的大事業？藉龍脈之名，想中止隧道工程，等於反抗欽差大人呢！你懂嗎？以我而言，如果能避免造隧道，盡可能想法子避免。這只要看過去我的作法，你也知道的。可是這一次非貫穿這座山的任何地方不可，否則不能到基隆。你如果不下令，也就罷了，我立刻回去，回去向大人報告。」

「喲！等一下！」廖慌忙制止別克爾：「好了，再一次跟他們溝通。」

「不是溝通，是下令。」

「我會下令，別克爾先生。可是這座山不僅是走向滬尾（淡水）的起點，且是山頂上有龍腦呀。」

「龍腦?」

「是啊!簡言之，是龍脈突起的地方，風水上是必須予以重視的地方。這不是單單破壞龍脈，一旦失慎會惹起惡劣的狀況。」

「惡劣的狀況?」

「譬如劉大人的身體引起異狀，否則你會發生不幸。」

「莫名其妙。」

「可是這不是向來的支脈，請你好好考慮一下。」

對無法捉摸的廖的話，別克爾非常生氣，用抖顫的手指指著獅球嶺。

「在那座山挖開隧道!不管發生了什麼事，一定把鐵路通到基隆。我言盡於此!」

廖看了片刻別克爾激怒的臉，抿緊著嘴，離開他身旁慢慢地走向山下。孕育著太陽的午後雲彩，動也不動地浮現在獅球嶺上，放出琥珀色的光彩。

二

鐵路商務總局總辦張士瑜，很罕見的偕同杜子田將軍一起來訪問港仔口的小屋，是此事發生五天後的暑熱的一天。

張士瑜下了火車，迅速地走進小屋，而肥胖的杜子田將軍頻繁地擦著額上的汗水，站在大榕樹的樹蔭下，看了片刻部下的士兵搬運木材。

知道杜子田將軍來訪，別克爾急著回到獅球嶺。他想要訴苦，藉著龍脈不認眞挖鑿隧道的士兵狀況。因廖的話，唾棄了官兵而絕望的別克爾，就督勵從南港開始包這工程的大工頭蘇樹森。蘇樹森是度量大的男人，受到別克爾誠懇的拜託，指揮三十二小工頭，企圖派人到新竹，招來新的客家人苦力。明白了這情勢，就連監工軍官廖也慌張起來。不知是否這反映到士兵，士兵也就嘮叨著，表面上摸摸鶴嘴鎬，搬運著支柱，除非從上面強壓性地下令否則沒用。所以別克爾等得不耐煩有這機會跟杜子田碰面。

可是向杜子田訴苦以前，在桌子上攤開工程藍圖歪著頭看的張士瑜，一看到別克爾就要求打通隧道所需要經費的說明。當時鐵路的預算屬於商務總局的管轄。已經習慣了突然要求說明的中國官吏的作法，別克爾老老實實地用手指著圖面。

這時候響起了吵鬧的聲響，顏色變了的兩個士兵闖進來。士兵認出了杜子田將軍，慌忙地行舉手禮。於是不知向誰說的，大聲叫道：「有人受傷了?」

「受傷?到底怎麼了?」

別克爾站了起來。那士兵卻望向別處。另外一個就說：「操作火藥時，來不及逃避：：：」

別克爾衝出去。他看到士兵和工人跑向山麓的工程現場。這一定是操作不愼而引起的傷害，不過搞不清是士兵或工人的錯。經確定以後，看其結果，此刻必須乾脆跟杜子田講清楚。

別克爾沒工夫擦掉汗水想跑出去。

「別去！」

不知什麼時候出來的張士瑜制止他。明顯地把爲什麼的質疑表現在臉色上，別克爾望向那有著細長的眼和鼻肉薄的張士瑜。

「不用特意到興奮的地方。」

生硬地把頭轉向旁邊的張士瑜嘟噥著。

「聽說受傷的有六人」，杜子田跟士兵一起出現，好似要商量似地說：「好歹把他們送到這兒來」，張士瑜答應了。別克爾瞪著下顎發脹，臉色臘黃。什麼也不知道的將軍卻說道。

「非常麻煩，也許隧道工程行不通。」

「爲什麼？」

別克爾責問。

「常發生事故呢！」

「事故？事故迄今爲止發生了多次。犧牲的人也不少。爲了建設鐵路，或多或少的事故，必須忍受。」

「不！這如果是單純的事故，我並不掛意，可是如果是報應的話。」

別克爾愕然地說：「將軍連你也相信嗎？」

「不管信不信，自古以來被認爲凶的事，沒必要貫徹到底。你也許不能瞭解，但如果依據廖的話，你選擇了挖通龍脈的正下面。」

「龍脈？」，張士瑜誇大地皺起眉來說：「那眞是胡來。」

「爲什麼不行？我所選擇的是抵達基隆的最短距離。」

「如果龍脈的下面變成穴洞，龍腦的價值受到傷害。此外，萬一挖了隧道而龍腦有了變化……」

「這眞是莫名其妙。」

「你要愼思，好了，外國人是不瞭解的。」

「外國人」這種排他性的話，傷害了別克爾的自負之心。

「張士瑜先生。」

可是被叫的張士瑜不把臉轉過來。看看用板子扛來的傷者，嘴色喃喃有詞：「可憐的人。」

除被士兵指定扛來板子的人以外，看不見工人和苦力。受傷的是士兵，這樣想的時候，別克爾暗地覺得這是自作自受。

六個傷兵被安置在小屋前的樹蔭下。一個接一個地跟隨而來的士兵，不知說些什麼，互相竊竊私語，有意識地望向別克爾。

「給他們喝水。」

杜子田將軍說。因這聲音而驚醒的別克爾，從士兵把視線轉到受傷的人，一看就直覺這人可以得救。這不是火藥灼傷而是由崩坍的岩石和土沙引起的傷害。不知火藥已經點了火而像以前一樣佯裝幹活兒，在周遭遊蕩的結果受到的懲罰罷了。看見呻吟的傷兵，別克爾慌忙地說：「別喝水，會噦氣！」從小屋子裡拎著水壺出來的士兵，不知如何是好，只是看著杜子田將軍的臉。將軍卻連皺紋也不動一下地沈默著。別克爾猶如搶過來似地，拿到水試著洗了洗身旁一個男人土沙陷入的腳的傷口。傷者雖誇大地叫，不過並非值得擔心的傷。然而也有從肩到腰被岩石強打而呼吸也困難地痛苦不堪的人。如果外行拙笨地下手很堪慮，所以別克爾大聲叫：「搬到火車去，趕快治療會得救！」

士兵互相對看，然後猶如戳他們似地叫他們扛起板子來。別克爾除去挽救受傷的人之外，沒有任何念頭了。他率先跑到第一號火車「騰雲」。德國人的司機坐在階梯上，發呆地抽著紙煙，看到跑來的別克爾，反射性地站了起來。

「有人受了傷，立刻開到台北，如果沒得救，事情就麻煩了。」

別克爾用德國話說道。

司機點了頭。於是「喂！」一聲招來去河灘的夥伴。

士兵把傷兵放在木板上，搬進無蓋車。於是留下四、五個陪伴的人後，走下鐵路旁。

看到杜子田將軍和張士瑜想搭上客廂，別克爾靠近去。

「你們請等到我回來以前留下來好嗎？受傷的人我負責送去。請張士瑜先生調查原因，將軍來安撫衆人，士兵似乎很興奮呢。」

「不，不需要查明原因，置之不理才好。這時候在這兒磨磨蹭蹭事情就麻煩了。」

張士瑜無恥地放言，坐下來就攤開畫有花鳥的扇子放意吧嗒吧嗒地煽起來。

「騰雲」鳴笛。

「那麼我留下，受傷的人拜託你們。」

當他想跑到火車門外時，用毛茸茸的粗大的手用力抓住了手腕。

「別傻了，留下來的話，你的生命危險。」

「……」

「瞧那士兵的眼睛！難道你看不見嗎？如果我不在，你就遭到群毆了。根據廖的報告，事情不是你想的那麼樂觀。」

火車不停地噴出煤煙而駛起來。別克爾乏力地坐下來，突然掀起了罵聲。杜子田將軍的話並不誇張。猶如發洩連日來的積憤，各種斷片性的臭罵向別克爾追上來。甚至連火車的震動，別克爾聽起來彷彿是罵聲。

用掩住耳朵的心情，偷偷地望向車窗之外，就看到浴著陽光蜿蜒延伸的壯大山容。龍脈——別克爾只要想到這，覺得後腦袋就燒起來一般。

火車駛過相思樹的街樹，渡過掛在基隆河上，中央高二十七英尺，寬十八英尺的輕快的德國式鐵橋。

三

在六館街，外銷茶商鱗此櫛比。別克爾就住在外銷茶商之一的義興洋行二樓。這家洋行是荷蘭人和清國人共同經營的，樓下廣大的沒舖地板的寬闊房間是選茶工廠，時常飄浮著甜甜的花茶香氣。特別是許多女工擁擠的這個季節，甚至在窗邊擺著盆栽的二樓，薰茶用的茉莉花芳香隱約蕩漾著。

「轉手給麥迪遜了，麥迪遜……」

平常溫和的比特蘭出乎意料之外的興奮的聲音。

「是嗎？」

這樣回答著，別克爾爲了自己出乎意料的鎮靜而暗自吃了一驚。這本來是預料中之事。然而，台北基隆間二十英里的鐵路建設責任在最後的關頭轉移到英國人手上。自己的一顆心，應該激烈地高漲才是。

「事情如此，你……」

剛說起話來，比特蘭著急地以左手推上眼鏡，在窗邊的沙發上深深地坐下去，落日把蔚藍色窗框圍繞的空間染成朱色，如帶子似的一縷雲彩飄過去。

「正是沒法子，實際上。」

別克爾微笑著搖頭。

「那麼你爲什麼不早一點告訴我？據王指南說，你早在三天前就已經撤手了呢。」

「對不起！如果告訴你怕你擔憂，而且這一次連跟你商量的餘地也沒有。張士瑜很明確地希望我撤手。」

看著他嘴邊，比特蘭想，他疲累了。兩個人相對無言片刻。

別克爾叨了一根紙煙，安靜地擦了淚水。

「沒風呢！」

比特蘭回頭去看窗邊。染了晚霞的細細雲彩，早已把它的一部分改變爲鉛色。

「王指南是從商務局聽來的？」

「嗯，據說他爲了跟文案處同仁連絡，今天去了商務局。到底他也吃了一驚，回來看到我就用不平靜的聲音告訴我，麥迪遜出面了。」

「……」

「據說麥迪遜不挖隧道，要鑿開。」

「什麼？這太荒謬了！」別克爾吃驚：「鑿開那獅球嶺，眞胡來，那是外行人幹的事。」

「的確不是專業人士。麥迪遜本來是煤礦工程師呢。」

「雖說不是專家，那樣的高山能不能鑿開，這應該只是常識罷了。」

「別克爾，如果按照你的說法，問題有趣極了，不過，假如鑿開成功的話……」

「我詳細調查過地質。基隆方面姑且不說，八堵方面幾乎都是軟岩，工程非常困難。如果鑿開的話，不容易防禦土石的崩坍。」

「果眞如此，你安心觀常麥迪遜的本領好了，你就舒舒服服地靜養一下。」別克爾苦笑著。

「不能靜養呢！自從躲在家以後才知道，雖有種種不滿，仍然幹活兒對我是最好的。縱令遇見群毆，我還是留在現場較好。要是撒手不幹，這好比是逃回來，留下不好的印象。」

「不！會再幹呢！如果北部不行就去南部，反正鐵路會延長到南部。工作算不淸之多，而且工程師缺乏呀。」

「可是，只是一個獅球嶺就這樣棘手了，那麼欽差大人所計畫的到打狗的縱貫鐵路，不知何年何月才能貫通？淡水河的鐵橋也是如此。我考慮了暴風雨的情形，主張架上鐵橋，可是商務局以財政困難爲理由反對，最後用木橋搪塞了事。在龜崙嶺，把奧托的設計擅自改爲一條直線敷設了鐵路。傾斜度有二十分之一的那高峰，如果吹起暴風，到底怎樣去處理？奧托逃去，迅速地返回本國也是理所當然。想到這一切，雖想幹活兒，但仍然會猶豫不決。」

別克爾這樣說著讓手指頭弄出聲音來。

「發牢騷就不容易停的別克爾呢」。比特蘭點了點頭，站起來。

「太熱了，去吹吹河風吧。」

「嗯。」

別克爾只穿著襯衫一起走下樓梯。女工下工後，陰涼而微暗的泥土地板房間看到放有白色茉莉花的花籃。在沈澱的空氣中兩個人走到停仔腳。

街道窄狹，只讓車子擦身而過的馬路。猶如谷底一般陷入了兩邊建築物中間，在遙遠的上面看得到淡黃色的天空。從天花板高低不一且不規則的停仔腳走下這馬路，必須走下五層階梯。背高的別克爾，把動不動頭部會碰到天花板的停仔腳視爲畏途，平常都走馬路。敷有圓石的馬路中間，舖著一排大而平的石子，發出軋——軋的車輪滾動聲，一輪車常載著茶籠來。馬路的兩邊，也就是停仔腳下面是小水溝，污水和污物因暑熱而腐爛，飄散著如同硫黃般的臭氣。

兩個人在開始點起洋燈來的馬路走向南邊，從伐木局向西拐個彎，走過德國領事館旁邊，來到還保留著微明的淡水河。

太陽早已落在桃仔園台地，晚霞的天空，再變成藍色，雲彩逐漸增加灰色。唯有靠近山背的地方，呈現著瞬間會消失的帶有藍色的淡黃色。在對岸竹林邊東倒西歪地走的十多隻鴨子，看起來已經辨不出跟砂色不同之處。

眺望北方，從白色的淡水河，以大屯、面天的隱約的連峰爲背景，叫別克爾氣憤的長達一千四百九十八英尺的木橋蜿蜿地橫跨著。剛好要航行到艋舺的大型戎克船來到，北岸上的旋開橋，與岸邊並行打開著。

到底吹過來的河風對湧熱的頭額是涼爽的。比特蘭看著木橋說道。

「說到我，別克爾，最近有這樣的想法。籠統地說，沒有科學知識而輕蔑淸國人是錯誤的。我認爲你主張一定要建造鐵橋是有很好的根據且是正確的，不過姑且不論理論的是非好歹，總是要承認，好歹把不可能建造的木橋，勉勉強強地做成的那不屈的靈魂。而且旋開橋應用鐵材的地方，也好好地用上了。這並非官方所建造，是廣東人的包商所建成。包商沒有多大的土木工程知識，建造完成這座橋是偉大的，你不認爲這樣嗎？」

「河流並沒有龍脈呀！」

「龍脈？龍脈是什麼？」

比特蘭停止了腳步。

四

穿著黑色寬衣肥胖的男人和頭上戴著紅布的兩個司公，首先開始攀登。兩個司公手裡拿著三炷粗大的竹枝線香，口中喃喃有詞。接著去的是紅色頰鬚日曬厲害的外國人，頭戴盔形帽，短褲的服裝。這外國人腰邊插著登山鎬，手裡拿著筆記本和鉛筆，外國人之後跟隨著

四、五個軍官和十多個士兵。這奇異的隊伍，默默地攀登著青草的熱氣充滿的險峻山路。蔚藍的開朗天空，處處飄浮著白色卷積雲，與其說衆樹青翠一片，倒不如說燃燒似的一片金色。帶有熱氣的微風時而吹過來，眼看不見的某種朦朧之氣包圍著一行人似蒸騰著。兩個司公猶如被迷住一般，在圓圓的果子結得纍纍的龍眼樹下有時蹲下來撒線香灰，有時在空間畫了很大的圓形。來到峭立的岩壁，指著一點點的蔭處，黑色寬衣的男人向司公不知嘟喃了些什麼。司公口快地誦著咒文，把線香放在地上，用雙手挖起小洞來。外國人看到了就從腰邊拔出登山鎬，想遞給他。

「不行，土剋金。」

抖顫著厚脣，高僧似的男人舉起了寬衣袖子。外國人吃了一驚，縮手。

「土木相合，土金相剋。」

嘴邊浮著汗珠的男人，從懷裡取出黃紙上拓印有鎮壓山神、土神、十二神的符咒，遞給司公。司公放進挖好的洞燒起來後，把灰燼埋好，在那上面豎立一炷香，放置小石子。

「所謂龍腦就是在這兒嗎？」

「不是啊，麥迪遜先生」，笑起來的人正是張士瑜：「在高一點的地方，就在越過山頂，下去的地方。」

「那邊？」

年長的麥迪遜比別克爾更世故。比起別克爾什麼都要硬幹到底不同，他用英國人特有的黏性，採取巧妙地利用民族風習的做法。當他曉得別克爾的沒落來自於龍脈時，麥迪遜在調查獅球嶺以前就去訪問當時艋舺著名的地理師——風水先生的高金鷄。本來這個人是挖墓工人，以魁偉的容貌和巧妙的收攬人心術，不知不覺中成爲風水先生，利用在獅頭上發見金鷄的傳說，如今是艋舺有勢力的人。麥迪遜把這風水先生從龍山寺旁胡同的住居帶出來搭乘火車，載到獅球嶺，別克爾所查漏的人情的微妙，這英國人巧妙地掌握了。

隨行的士兵完全被迷住了，在看風水先生指揮下兩個司公在青天白日下演出近似瘋狂的祈禱。非常迷信的他們，不由得墜入麥迪遜的手段裡。

風水先生威風凜凜的動著巨軀，穿過龍眼村攀登到山頂。抵達接近綾線的低窪處，在相思樹根部，風水先生命令司公燒了好多張的金紙。

兩個司公不久鳴鈴，誦著很長二拍子的經。信仰基督敎的麥迪遜覺得使人焦慮的音調，頗快的誦經聲和鈴聲，也許有助於驅逐存在於此處的惡靈。

從相思樹如眉毛似的細葉隙間仰望，太陽早已懸掛在獅球嶺的上空。

根據於麥迪遜計畫的鑿通工程按步就班地進行。山坡的一部分經士兵之手已呈現紅色地表，砍伐的相思樹堆高在河畔。爆炸的火藥聲響造成四面山峰的迴響，而苦力扛著緊緊勒住肩膀的沙土竹籠下山去。

起初看到獅球嶺時也曾力說過，挖掘隧道是捷徑，不過遭受反對後不得已鑿開了避免龍腦的高峰山麓中，建立了在路中使用Switchback（鋸齒形鐵路）去攀登的計畫。當然不能完全鑿開，他很清楚，那坡度到底無法用一輛機關車牽引上去。可是既然隧道工程遭受反對，以麥迪遜而言，除這個辦法之外，別無途徑了。

威脅龍腦的隧道工程停止，由高明的風水先生祈禱鑿通工程的成功，以無智的士兵而言，總給他們帶來莫名的深度安慰，他們打下了鶴嘴鎬。

此外，麥迪遜多少有醫學知識，這是他在長久煤礦生活中看看學學而自通的，不料這贏得人信賴。如果有人牙疼就拔去，患了瀉肚的就給簡單的止瀉藥品。對於這小小的現實上的恩惠，士兵和工人出乎意料之外的以感謝來報答。因而早已沒有人提到別克爾了。士兵互相傳言，有威嚴性頰鬚的麥迪遜是通情達理的人。

實際上對士兵的工作有了不滿，大體上麥迪遜卻裝做不知。他自己說給自己聽，不管工程如何進行，只要鑿通成功就好。

爲著急鑿通完成，總辦的張士瑜也具有同樣的心情。婉轉地趕走了別克爾，以他而言，無論如何要在麥迪遜手裡完成才行，否則就保不住自己面子。

按，劉銘傳之所以設立全台鐵路商務總局和機器局，其目的是要前者擔任鐵路的運營管理，後者負責鐵路及兵器工廠，然而在鐵路建設之初，命令兩局不分彼此，靠攏協力。可是，實際上與其說是協力，倒不如兩局常常站在互相競爭的立場上。此外，非常討厭英、法兩國的劉銘傳，自然傾向於照顧德國人，因此鐵路建設自然由機器局單獨進行到今天。作爲商務局總辦，張士瑜內心覺得不滿，也是理所當然。因此他在大方的機器局總辦劉朝幹還沒有想出善後對策之前，巧妙地起用麥迪遜，不容分辯地自動站到第一線。

後來每日都是晴天。張士瑜每天從台北來到工地。總辦這種督勵作風，帶給工程很好的影響。張士瑜滿意地看著朝向山頂開口的壕溝一天天地擴大。很少見的，從午後下起的雨，入後之後帶來了風，整個夜晚騷擾不停的次日早晨，張士瑜帶著文案處的楊雨臣趕去港仔口，從車窗看到的基隆河令人害怕的變成煙色的濁流，衝擊著兩岸造成旋渦流去。也許被風刮走的吧，根部向上的樹木，眼看著被河水帶去下游。初次搭火車的楊雨臣，頻繁地從車窗探出頭，可是張士瑜直到抵達港仔口爲止卻一言不發。下了火車踏上還濡濕的土地，張士瑜到小屋之前，登上堆在那兒的枕木上面。

在陰天下，看清壕溝沒有異狀，這位難以取悅的男子，開始鬆了一口氣，搭拉著鼻涕，向楊雨臣喊話。

「怎樣？再加一把勁就行。」

他看到小屋前麥迪遜拿著木片在地面畫著某種圖案，正向一個軍官說明。

「麥迪遜大概也放了心吧。」

張士瑜這樣說，將要從枕木堆下來的一刹那間，轟——的一聲響起了初次山鳴。可是他並沒有留意，緩緩地下到地面。接著想下來的楊雨臣，偶爾再度眺望山峰，吃了一驚而暫停呼吸。濠溝的上面和兩側猶如雪崩一樣拖拖拉拉地滑落下來。迸起飛沫的山崩，奪走了士兵本能性的驚叫，發出百雷齊鳴的聲響。

「山崩呢！」

張士瑜身子發抖。把山麓全部埋掉的土沙之上，巨大岩石，猶如奔流玩弄似的勢不可擋地滑落下來。

「危險！逃走！」

張士瑜邊叫邊跑向舊的火車方向。楊雨臣想下來，但腳卻不聽指揮當場停止不動。滾下的岩石中的一塊滾到麥迪遜的小屋。楊雨臣掩了臉。響起了嘎喳嘎喳的木板被壓壞的聲響。過了片刻，暗暗地把手拿開，剛才還在的小屋沒有痕跡地消失不見，活像貨車般的巨大岩石，滾落在那兒。

麥迪遜像瘋了一般在岩石週遭徘徊。過了片刻，楊雨臣才發覺，原來跟他對話的軍官壓在岩石底下。

麥迪遜把盔形帽用力摔在地面。於是發呆地久久凝視著變了山容的獅球嶺。

這位英國人比什麼人都清楚，排水工程不完備導致的地盤鬆弛是山崩的主因。邊擔憂著卻避免去責備，故意閉上眼睛的自己的錯誤溫情，以如此的形態來報復呢！

麥迪遜把多毛的拳頭舉到嘴邊用力咬了一下。

五

這是龍脈作祟！

鐵路的建設應該停止！

何苦把許多寶貴的人命，做無謂的犧牲？

這樣非難的聲音，不僅在巷子裡頭，甚至在出入撫台衙門的人中間掀了起來。

然而，劉銘傳對這種聲音，卻裝做馬耳東風。

隧道工程再度回到別克爾的手中。原來劉銘傳絲毫不知別克爾退出。

「爲什麼委託麥迪遜去做?你必須負起責任來，負起責任不同於辭職，那就是要徹底完成工作，在這意義上重新任命你爲機器局總辦。根據別克爾的設計完成隧道，這是給你的新任務，台灣是否會發展，全賴於縱貫鐵路的建設。獅球嶺便是最大的試金石，好好地協力辦好。」

聽到慘案發生，劉銘傳叫來張士瑜，以新給任務代替責備。

這時候基隆的紳商提出有關禁止挖掘煤炭的請願。其理由在於不忍坐視日以繼夜挖掘的結果，龍脈受到損傷。劉銘傳立刻駁回。

請願的紳商好幾次來訪衙門的公室。每一次劉銘傳叫人回答不需要會面，可是紳商並不因此而罷手，仍然來訪不停。

只要有閒暇就閱讀一百年前的台灣政治家藍廷元所著《東征集》爲無上安慰的劉銘傳，這一天也躲在後院用岩石和灰泥砌成的假山裡的書齋，悠然神往藍鼎元的理想主義，就在這時基隆的紳商來個第十多次的拜訪。

「好，我見他們，請他們到房間。」

銘傳今天不知想了什麼，給通報的人這樣說道。預料會遭到閉門羹的紳商滿懷高興在公室的朱色椅子上落坐，等得不耐煩時，一見銘傳出現，其中一人站了起來。

「爵帥，今日幸得拜見光榮之至」，他恭恭敬敬的再拜。

銘傳本來是一等男爵，被稱爲爵帥並沒有什麼不妥，但是在文書上這樣稱呼姑且不論，可是面對面地使用這時代性的敬稱，反倒有拍馬屁之嫌。事實上，社會裡通常把銘傳叫做欽差大人。當然這是欽差大臣的別稱，雖是敬語，卻跟爵帥這樣誇大的稱呼大異其趣。銘傳輕輕一揖就坐下大椅子。

「有關我們對於禁止採掘煤炭的請願，不知有什麼事故而沒有採擇？」

由於銘傳很久不開口，另外一個人短刀直入地提出來，可是銘傳仍然不開口。

「爵帥統治台灣，龍脈對於國家國土何等重要，一定瞭解很深，不用再說。圍繞基隆的諸山峰直接連結到我們清國本土，相當於台灣的起龍。」

「對不起，來台北時怎麼來的？」

「咦！」

「我說是走路過來的，或者坐轎子過來的，或者……」

「爵帥」，迎合似地下顎垂著細長鬍鬚的五十歲男人說：「從七堵搭乘火車，非常方便的確吃了一驚。」

「其餘各位怎麼樣?」

銘傳緩緩環視。

「大家都在一起,實在是很好的交通工具。」

六個紳商互相肯定。

「那麼你們的請願等於自己撤廢了一樣。那火車有煤炭才能動,爲了使火車動,煤炭是必要的。剛才有人說到國土重要,由於國土的防衛,國土的開發重要,必須比龍脈更要重視鐵路,我不能停止鐵路計畫。因此,鐵路所需要的基隆煤炭應該挖掘得更多更多才行。」

「即使損害龍脈也要?」

五十歲男子搖動了鬍鬚。

「當然!你們說龍脈、龍脈而慌張,有了人才有龍脈,人被龍脈所支配,絲毫沒必要。我想,所謂龍脈、所謂風水,這只不過是人的心情上的問題,並非絕對性的東西。」

「不!你雖這樣說」,矮個子大嘴巴的男子,很有自信似地挺身而出:「曾經有過這樣的事實。你應該知道明洪武帝爲了毀壞皇帝穴差遣周德興的故事。」

劉銘傳默默地點了頭。

「周德興毀壞了所有皇帝穴,最後前赴南安縣馬江河口的石井。因爲他聽說那兒的鄭姓祠堂附近是舉世無雙的土地,你有沒有聽說過?」

銘傳搖了頭。男人趁勢繼續說。

「可是周德興抵達石井時，周遭一片濃霧，什麼也見不著。於是向土地禱告讓霧散去，土地公啓示此地並非皇帝穴，而是將來會出生作爲明朝柱石的人。如果你不毀滅，就呈現出來給你看。因此，周德興立了誓，很不可思議的，霧就立刻消散。他看，在臨江的土地上有五匹馬形態的岩石。這正是五馬朝江之象，而且五匹馬中的一匹，回頭看後方。周德興以爲這是功臣出生之地就回去，後來果然出了芝龍、成功、經、克壓、克塽等鄭家五功臣，其中相當於回頭看後方的那匹馬的成功，圖謀反淸復明，如果周德興毀壞了它，也許成功就不會出來。這是對龍脈的尊重如何救了國土的一個例證。」

銘傳微笑著聽這樸直的理論。

「倘若如此明朝就不會滅亡的話，當然就知道龍脈的可貴，但尊重龍脈的結果，應滅亡的也不得不滅亡。這是時代潮流，無論是誰都無法抗拒時代潮流，龍脈亦然。」

「那麼你是說壞了龍脈發生任何災害也可以嗎？」

「並非沒必要時故意毀壞龍脈，國家認爲有必要而實施時，沒有任何災害可言。縱令讓了一百步也發生災害，爲了存活一百人而犧牲一個人也是不得已的事。我底想法大家明白了嗎？如果明白了請回去吧。」

劉銘傳立刻站了起來，回到書齋，又拿起《東征集》。爲了報告要來衙門的別克爾，卻不知何故直到傍晚看不見前來。

銘傳返回西門街的官邸去院子井旁擦拭身子，這井是日本人名倉松窓所挖的。特意請來了這舊識的硬骨漢僅逗留半年。如今回憶名倉的紀念物只是台北各處留下來的井子罷了。銘傳每當朝夕站在這官邸的井旁時，彷彿可以看見拔起日本刀做劍舞的名倉。

點燃了起居室的玻璃燈，忽然想起久久沒有照顧的蘭花的保養。一片一片地拭擦葉子以防蟲害時，未經人引入有人進來。這人正是比特蘭。

「發生了大災難。獅球隧道在中途崩塌。」

「什麼？」劉銘傳髒手未洗地站起來：「那麼，別克爾先生無恙嗎？」

「沒事，活埋的有十二、三個人，整夜都在挖出。」

「是嗎？在約定時間未見影，覺得很奇怪呢……」

劉銘傳思考了片刻，於是安靜地開口。

「火車能不能開出？」

「嗯！」

「恐怕晚間有點兒危險，直到今天爲止從沒有在夜間開過車。」

「有了月光可以開出吧，你去安排，只要月亮升天就開車。」

「大人，你要去？」

銘傳點頭，比特蘭慌了手腳。

「那不行，危險呢！火車雖可開出，但軌道不保證不發生事故。根據別克爾的話說，對火車的部落民衆的反感相當根深蒂固。」

「不，總之，我得去。命令開火車吧，此外也請托瑪斯醫生同行。」

銘傳敲打了吊在屋簷的有銘的古鐘召來僕人。

由於邁入了九月，周遭暗起來的時候，到底也很涼快。比特蘭爲了叫出機關車司機，微風中趕去河溝頭街。

六

幸虧一路下來未嘗發生擔心的事故。慢行渡過七堵的鐵橋，在明月中朦朧地露出山容的諸山峰和夜裡也是泛白的基隆河之間，僅留下的狹窄平地中，「騰雲」號猶如穿過去似地駛著。

當接近港仔口的時候，從車窗可以看到熊熊篝火。被那火光照出的亂跑的人影也看在眼裡。等不及火車停靠終點，比特蘭從車梯跳下。篝火是在用紅磚砌成的拱門形隧道入口。在那旁邊眼球充血的別克爾，抓住一根棒子，像哼哈二將般直立著。襯衫和褲子沾污了泥土，那臉雖有反射光卻像蠟一樣蒼白。

別克爾好幾次從夾衣取出懷錶。

爲了輪替，二十多個士兵和工人拎著煤油提燈，扛著鶴嘴鎬進去隧道裡。

「別克爾!」

比特蘭靠近去握緊著手，胸中衝上一股熱氣，嘴巴喃喃有詞地說著，你無恙嗎?別克爾雖然也握住了手，可是力道卻微弱。

「別灰心!到底怎樣了?」

「嗯!鑿洞時都放進了木架，用木材和板子支撐著施工，可惜木材中有些是弱質的。據他們說，大工頭的蘇樹森很擔心，指揮工人，拿強有力的松材進去，可是在裡面做補強工程時，中間塌陷，連同木架一起壓壞了坑道。」

「那麼，那些工人被活埋了?」

「是啊!剛好是中午，幸虧鑿洞工人出去坑外沒在裡面，蘇想趁這時間做補強工程。」

「那麼——」

比特蘭想取出懷錶。

「已經十點多鐘了」，別克爾回答:「雖然沒休息繼續挖，可是還沒有眉目。」

「是嗎，別灰心，只能盡人事以待天命了，忘記告訴你，欽差大人也到了。」

「咦，他到了嗎?」

當別克爾目瞪口呆時，帶著托瑪斯醫生，劉銘傳現身。看到穿著水色襯衫，此人瘦削的脖子和發愁的天庭，令別克爾胸塞，一時也說不出話來。大約沒有人像他這樣把自己命運賭在鐵路上。被輔佐角色的布政使邵友濂把辭職書一扔而去，被民衆罵爲過激的改革者，把喜歡的詩作斷然停止，把全力傾注於鐵路建設的此人：：感情豐富的別克爾不禁熱淚盈眶。

銘傳默默地伸出手。那眼睛不像發愁的臉，跟以往一樣清澈。

「對不起！」

別克爾好容易開口，只說這一句話。

「援救有希望嗎？」

「還沒有，很遺憾。關在裡面的人中有可靠的人，只要那男人好好妥善處理，總是有援救之道。」

「一定得救出來。」

喃喃有詞地說了一句話，銘傳眺望著隧道。

別克爾咬住了嘴脣。

「水沒問題吧。」

這是比特蘭的問話。

「嗯，從昨天和今天的排水狀況而言，不需要擔心，只是被關的地方，不知有多寬，希望救出以前有足夠的空氣：：」

眺望隧道的劉銘傳的視野裡忽然閃出一個士兵。士兵拎著快要滅火的煤油提燈，一心一意地跑過來。

「又坍塌了！」

士兵哈——哈地用肩膀呼吸。

「什麼？」別克爾想要跑去：「有沒有受傷的？」

「沒有。」

「好！好！你那個……」

從士兵搶過來似地拿到煤油提燈，別克爾抓狂似地向隧道跑去。

「安全嗎？」

盯盯地看著被隧道吸進的朋友背影的比特蘭，被銘傳的這問話而清醒起來。

「沒多大危險，一定是天盤鬆弛，鑿洞的震動引起了坍塌」，似乎自我安慰地回答。

恐懼使周遭安靜下來。

月明中現出緩和稜線的獅球嶺，令人想像不到在它身體內部掀起了這樣的騷動。

「我也去看看。」

忍不住的比特蘭也跑上去。

劉銘傳緩慢地抱著胳膊，任職不久不會講福佬話的托瑪斯醫生默默地環視周遭。在基隆河鳴叫的河鹿聲，在遠近響著。

天亮，白天來了，又迎接了夜晚，卻無法拿掉塌落的土沙。大約是地層惡劣之處坍塌下來，之後有兩次同樣的地方坍塌，好容易才挖起來的瞬間又復全埋下來。憔悴的別克爾的模樣，令比特蘭不忍卒睹。

於是在獅球嶺上空，十八夜的月亮升起來，晝繼夜地在朦朧的煤油提燈下疲乏不堪的士兵和工人揮動鶴嘴鎬，運出土沙，然而猶如無窮盡地一再坍塌。

「欲速則不達，以前著急是我的錯，應該在坍塌的洞頂地盤架起木架來，以便防備坍塌，除此以外，別無他法。」

別克爾眼睛充血地這樣說，比特蘭高興地受他指揮，松樹圓木運來好多。把支撐的框子予以加強，在它上面縱橫架上圓木，堆高了好幾層，把變成空洞的部分全部予以補塡，這樣就不用擔心坍塌。

在這中間援救坑道不管三七二十一地繼續挖下去。

於是，外頭黎明又降臨。

七

救出人的，被救出的人都拚了命。忍耐又忍受的激烈疲累把整個身體的力氣如退潮般奪去後，只留下心軟愛流淚的感情罷了。習慣於黑暗的眼睛陽光眩眼，在龍眼樹上飛來飛去的小鳥鳴囀聲，似乎是在遙遠的地方響著。把獲救的人抬入小屋，讓他們喝米湯，擔任救助作業的士兵，猶如自己被救出來似的感動而胸懷希望。

於是叫人吃驚的是想要挖掘隧道的剛毅的意志，在士兵之間油然生起。

對參與救助作業的人，劉銘傳銘感肺腑的鼓勵的話，當然奏效了，但是比起這，被認爲絕望的人底生命獲救，而那怎麼也認爲不可能的救助作業在大家的手裡完成，這種沒有東西可替代的很大感動振奮了士兵。

「爲了子孫的繁榮，選擇風水好的地方，挖掘墳墓既然被認爲最好，那麼在龍脈上鋪上鐵路，一定給後代社會帶來福祉。這樣的想法是不是錯了？」

決定從基隆方面同時挖掘隧道，五百個士兵要越過獅球嶺的今天，別克爾坦率的心情，向張士瑜如此說道。到底張士瑜也不敢說那是歪理。眺望著蜿蜒連接的士兵行列消失於山那邊，但也默默地點了頭。

測量完成，從北、南兩隧道繼續挖下去。爲了幫助士兵從台北更來了將近兩百個苦力迅速用火車運來。一丈立方尺三元八角的工錢升爲四元。以嚴格的一天六次輪替制，不分晝夜地掘鑿繼續進行。

可是到了九月底，別克爾如感冒般發燒，他認爲過份勞累的結果而勉強做下去時，發燒不退。終於超過了三十九度，惡寒不已。他在六館街自家房間病倒臥床不起時，胸部出現了紅而小的斑疹，於是開始瀉肚。

診斷爲傷寒的時候，工程現場已經出現了十七個病患，而且病患一天天地多起來。

「絕對要安靜，此外別無他法。」

回味著這樣說著回去的托瑪斯醫生的話，別克爾被無可奈何的暗鬱思想鎖住。自己不在工程現場是否有進展？一旦擔憂起來就有各種不安如雲湧般出現。

不久，他陷入那傷寒特有的昏睡狀況。

以悲傷的心情，比特蘭聽著別克爾的夢囈。別讓他死去，無論如何必須援救這朋友不可，比特蘭不去機器局上班，也不回去河溝頭街的自己洋樓，陪伴在別克爾的病床旁邊。

更壞的是流行的並不單是傷寒。由蚊子媒介的惡性瘧疾以猛烈的氣勢襲上士兵和工人。五個人病倒，又有十個人病倒，所有小屋，所有民房都充滿了患熱病的人。

這一定是龍脈作祟。

攻其不備的喃喃細語，在各處蔓延。

不幸病故的人的棺木每天葬在俯視基隆河的小山上。

不過監工的人換了，工人替換了，隧道工程繼續進行。從北口和南口挖的坑道，長已有××××呎，可以說看到了工程的頂峰了。因劉銘傳之命陸續補充的新手士兵，已不再提龍脈，被眼前逼近的隧道貫通的大魅力吸引，死命地挖下去。

大約三週後，別克爾腸壁的潰瘍，好容易治好，形成癒合組織的瘢痕。他開始有異常的食欲。罵著像小孩一般哀求的別克爾，比特蘭只給流質食物。這種懇切的看護，使得別克爾眼看著迅速恢復健康。

把銘傳所贈送的寶貴觀音素心蘭花盆，置於枕頭旁，別克爾的一顆心早已馳往獅球嶺。

從兩方坑口送來已挖好全長××××呎的報告當天，別克爾終於起床了。

「把我帶到獅球嶺去，獅球嶺呀！獅球嶺呀！我一定得去，不管什麼人阻止，我也要去！」

猶如不聽話的小孩，別克爾亂鬧，使得比特蘭棘手。

「×××呎，那有這種傻事，以我的測量那隧道應該是○○○○呎貫通才是，讓我去吧，我要用我自己的眼睛確認。」

過了十天，被比特蘭服侍的別克爾，以剛痊癒的身子到獅球嶺去。他不耐煩地拿了設計圖，催促最近就任監工的軍官和大工頭的蘇樹森進去隧道。他一眼也不看煤油提燈所照出的支柱和支柱之間的黑色巖盤，猶如被魅住的人，一直向前喘息著加速腳步。坑道以二十分之一的傾斜迅速升高。

進入○○○呎之處，坑道還沒有擴大，變成支撐的框子形成的狹窄通道，好幾次呼氣，別克爾壓住了心臟鼓動。

「傾斜面太陡！」

這樣說著看軍官的別克爾眼睛，目光炯炯。

「不對！不對！弄錯了測量。」

瘋了似地別克爾大叫。

「是嗎？」

軍官戰戰兢兢地開口說話，嫌使用機械麻煩，亂七八糟地亂挖一通，這新到任的軍官是知道的。

「荒謬！怎錯成這樣？到底挖通了什麼地方來的？」

他的聲音回響在狹窄的木板框子，令人害怕地籠罩在每一個人的頭上。

「別克爾回去吧？」

比特蘭擔心別克爾的興奮，用溫和的聲調催促他。

「不！我盡可能走到我能到的地方。」

坑道變成彎腰才能過去的程度，而且迅速地升高。爲求趕快奏效，把擴大事留在以後才發生的大錯誤。

隧道終於到了盡頭。四個士兵正揮動鶴嘴鎬，專心地鑿著弄碎岩石。

「別克爾！」

比特蘭趕緊挨到身旁。

「喂，好像聲音有變！」

一個士兵停住鑿石聳耳傾聽。

「嗯！也許好容易鑿通了。」

其餘的士兵有力地揮下鶴嘴鎬。於是黑暗的隧道中，似乎有一縷如絲一般的光射進來。

那士兵「嗳喲」地喊叫同時，不顧一切地把鶴嘴鎬對準光線連續地打下去，其餘三人也爭先恐後地把那光洞弄大。終於一個人可以通過的洞敞開，於是立刻從那兒吹進海風，透過那個洞可以看到蔚藍的天空和白色的雲彩。

大家都悶住氣，別克爾接著士兵穿過洞，忽然看到閃閃發亮的青翠海洋。此外，還有屹立於海中的高山以及白色沙灘。

偏偏挖通的正是接近獅球嶺的北側山腹。

軍官偷偷地站在別克爾背後，於是把驚訝的視線投向眩眼的海洋。

這時候蘇樹森發出抽筋似的聲音，拉了軍官的袖子。

「龍！龍腦呢？這兒就是龍腦。」

「什麼？」

發了呆似地站立著凝視海洋的別克爾，聽見就回頭了。

「是龍腦，挖上了龍腦！」

軍官用發抖的胳膊指著。

瞧吧！格外隆起的山上鼓起處，敞開的那個洞，活像埋葬棺木的墓穴。

看著那令人害怕的土色曝曬在光天化日下的那洞，打算以哈哈大笑打發的別克爾，爲那過份執拗的龍脈怨念而不知不覺地臉頰變硬。

搖動著山上青草，十一月的寒冷海風，不斷地吹襲著一行人。

—譯自《文藝台灣》第四卷第六號，一九四二年九月

台灣時代的西川滿文學

陳藻香作
葉石濤譯

迎接戰後五十年的今天，台灣文學的研究一天天地盛大，光明正大地佔有一席之地，可是說起來很慚愧，直到幾年前在東吳大學拜聽蜂矢教授有關日治時代日本人文學的演講以前，我並不知道台灣以前有過文學。

在聆聽演講中，我初次發覺我們所居住的這塊土地，成爲小說的舞台，人民和風物成爲作品的題材。在這以前被教導唯有日本的中央文壇和中國的中原文化才是文學的我，被告知台灣也有過文學而覺得親切，初次把關心傾注在台灣文學。

然而，當接觸這些作品時，發現有關其時代潮流和背景的資料如何地缺乏，中央與地方、本流與支流間的相差；特別是在台灣這個土地上的文學，受到民族和政治的影響，這才知道，在語言層面及意識層面如何地複雜的事實。

在這當中，受到中國文學革命影響的賴和以後的使用中國語文的台灣新文學及之後的文學，今天年輕研究者的研究，穩步而順利地進行著，而相對地有關日本語文學，特別是日治時代日本人作家的研究，停留在只限於少數日本人研究者的階段，這是現今時空裡的狀況。

在查明以前日治時代的台灣文學上，從日本文學的觀點而言，似乎被日本中央文壇所遺忘的日治時代日本人的文學活動，無論如何必須要去弄清楚，所以我想，特別是那核心人物成為紛歧的討論對象的作家——西川滿，重新進行考察及予以定位。

在第一章裡，首先對於複雜之極的台灣文學的定義，試圖予以研究。除整理先行研究者的意見同時，把已經由先輩所做的時代區隔作為參考，嘗試我本身的時代區隔。

在第二章裡，根據嶄新的時代區隔，把出現在荷蘭時代以降的文獻的台灣文學潮流予以吸收整理，把點作成線，把線作成面，將台、日兩族的文學活動，以同一個時空為基準加以整理，作成「台灣文學的時代區隔」「日治時代台灣文學潮流」的兩個圖表，試圖整理出容易瞭解的有關台灣文學的概略。不過，由於暗中摸索之故，也許會出現必須改變排列與順序之事。我願聽見各種高見。

從第三章進入本論，依據第一章、第二章的論述，已經查明西川滿崛起的時代背景，在本章第一節裡，有關西川滿的身世，特別是對台灣文學直接有關的台灣時代，交錯使用西川滿的自述或者散布在各新聞雜誌的零細紀錄以及訪問紀錄，試圖描繪出台灣時代西川滿的作家形像。

在第二節裡，用數值表明在台灣的西川滿底文藝活動，試圖查明他的活潑的文藝活動狀況。此外，我明白，依據以前的資料，西川滿在三十九歲離開台灣以前的作品數，最初近藤正己算出的是五百多篇，經過中島利郎的整理，此次把新發現的也納入，共有七百多篇。

接著在第三節，根據於現存的零細資料論及直到現在尚未明瞭的有關西川滿主宰的展覽會、演講會、同人會。接著在第四節說到西川滿在本名以外所使用的筆名共有二十三種，查明了其所發表的報紙雜誌以及筆名的由來。事實上，在論文提出以後，筆名之一的「劉密」是Riumitu，是把「滿」Mituru扭曲的。這是從西川先生聽來的心腹話。西川先生偶爾這麼俏皮。〈朱氏記〉裡所出現台灣人畫家「鄭志哲」，我去查了台灣美術史或尋問對戰前台灣畫家熟悉的人，找尋其模特兒。不過根據西川先生的話明白其實是扭曲了「立石鐵臣」（譯註：立石爲日治時代著名的日本人畫家），在這兒讓我添補到了。

在第四章裡，把入手的巨大作品群，依其內容予以分類，歸納爲論說、神仙故事、風土與民俗、翻譯、隨筆、詩篇、短篇小說、長篇小說等八節。特別富於變化的短篇小說部分，更分爲傳奇的、創作的、以及私小說，數量不多的有關政治和宗教作品即收在「其它」類。

根據這分類，針對個別作品試圖予以考察、分析，在殖民地台灣複雜的民族和語言所構成的文學中，西川滿這位作家的做爲作家的人性像及浮雕他底文學特色，試著將他在文學史上的存在予以定位。不過，這導致出現跟以前的研究者定評大相逕庭的結果，而感到有些迷惑。

按，在第五章的結論裡，根據前四章的考察、分析、探索，重新凝視西川滿的思想基盤，對於西川滿文學的特色重新思考。

西川文學的基盤，一言以蔽之，是出生於士族的門第，學會了日本文學傳統的「諸行無常」，由專攻法國文學與博覽漢籍及對漢文化的理解所產生的天生底詩人資質下，形成絢爛的西川文學而開花的基盤。

就其文學特色而言，在文藝技巧層面，具有造語、節奏、色彩及獨特的漢文訓讀法，特別是把台灣母語巧妙地織進作品中，漢、日兩種語言相映成趣，這是日本中央文壇罕見的特色。

此外，法國文學、漢文化以及南海島嶼——台灣的土地上所建構的異國情趣豐富的文學，是西川滿獨創的「台灣浪漫」的世界。這是與台灣生命與共，在台灣的歷史和文化中建構的文學殿堂，足以跟中央文壇拮抗的南方文學，跟當時來台的除西川滿以外的作家映在眼裡的過客文學的「異國情趣」大異其趣，讓我實在地感受，並不能相提並論。

此外，從台灣人、台灣文化的層面來看，業已被台灣人所遺忘，或者正在被遺忘的歷史，傳統文化、母語在西川文學中燦然發亮，應給予高度評價。最後，從文學史和皇民化運動來思考西川滿這個作家。

我想，從日本文學史的觀點來看，西川滿是崛起於台灣這個外地而具有耽美派的特色，沿著高踏派路線的異色作家，從他底作品和文學活動予以推察，應該是在文學史上留名的作家，可惜，好像並沒有受到應得的評價。簡言之，是重視中央、主流本位的一般社會的通病，也是日本文學史編纂上的盲點吧！

從台灣文學史的觀點而言，西川滿是在向來的台灣可看到的鄉愁文學、過客文學、台灣本土文學、普羅列塔利亞文學中，導入法國文學中的達達主義和浪漫主義，灌輸藝術香氣，促開文藝之花的作家。然而他底藝術至上的理念，糾纏著政治的、民族的因素，無法獲得廣泛的瞭解，以致於受到批判。不過，今天由「文學底本質」重新來看西川滿的作品，應該受到高度評價才是。可是包括日本人在內的多數台灣文學研究家，看漏了此點，很是遺憾。

此外，有關皇民化的問題，正如我們台灣人愛台灣一樣，西川滿也愛母國日本。由於他堅持藝術至上主義，無法苟同「無藝大食的普羅列塔利亞文學」而斷定他是「皇民化運動」的協力者，這應該是要避免的論斷。戰爭末期，受台灣總督府的委囑而撰寫謳歌戰爭作品（或被逼而寫）的作家不只是西川滿一個人，只要打開當時的文藝雜誌可以看見，不僅是日本人作家，在台灣人作家中也有赤裸裸而露骨地讚美戰爭的作品在。以當時的實際狀況而言，誰也免不了消極的戰爭協力。以西川滿一個人為犧牲而若無其事的人存在，這不就是實際狀況嗎？

而且，西川滿在「皇民化運動」當中，致力於台灣文化的保存是不可否認的事實。特別是成爲非難對象的作品〈一個決意〉，絲毫也沒有歧視台灣人之意，這可以看見，富於人性的人道主義者西川滿的面貌。我在修士（碩士）時代曾分析當時詩壇巨匠北原白秋的有關台灣的作品，寫了批判對台灣人歧視的論文，獲得台灣人的鼓掌，然而此次的小論未嘗公開之前就聽到：「陳藻香是台灣人，可是極力稱讚西川滿，豈有此理！」的流言。正如我在「跋」上所寫，小論盡可能離開政治、人種意識，紮根於「文學本質」和「人性」面展開論述，致力於尋求眞實。

我這未成熟的論述，果眞能否獲得台、日兩族人的認同和共鳴，完全沒有自信。如果在這席上能獲得諸位先生的指教和糾正，那可眞叫我喜出望外。請多指教。

譯者按：本文譯自一九九六年春季號，西川滿主編，《人間の星社》刊行的《猩猩》雜誌。作者陳藻香女士爲文學博士，東吳大學教授。此文係陳教授一九九五年十一月文學博士口試時的致詞。

西川　滿略年譜

明治四十一年（一九〇八）

二月十二日生於會津若松市初任市長秋山清八祖父家中，爲其長孫。父爲西川純，母爲しげ，是爲長子。

明治四十三年（一九一〇）

搭乘信濃丸來台。

大正十二年（一九二三）

台北一中(現建國高中)二年級時，小說〈豚〉在《台灣新聞》新年文藝獲得一等獎。

大正十三年(一九二四)

創刊文藝雜誌《櫻草》，刊行至通卷十四號。

昭和八年(一九三三)

畢業於早稻田大學佛文科(法國文學系)。畢業論文爲〈阿耳秋蘭波〉(Jean Nicolas Arthur Rimbaud 1854～91)。有志於建構南方文學而返台。

昭和九年(一九三四)

任職於《台灣日日新報》，是爲學藝部長(副刊主任)。此外，經營私家版媽祖書房。創刊《媽祖》(十六期)。《媽祖便》(媽祖通訊)、《桐之信》、《台灣風土記》；每年刊行多種限定本。主編台灣愛書會《愛書》共十五年。

昭和十年(一九三五)

詩集《媽祖祭》受到吉江喬松博士「日本文學未曾聽見的新聲」的批評。

昭和十三年（一九三八）
詩集《亞片》受到佐藤春夫、萩原朔太郎、百田宗治、堀口大學四位共生的推荐，獲得文藝汎論的「詩集功勞賞」。

昭和十五年（一九四〇）
創刊《文藝台灣》共三十八期。

昭和十八年（一九四三）
因小說〈赤嵌記〉，榮獲長谷川台灣總督所頒台灣文化賞中的「台灣文學賞」。

昭和二十一年（一九四六）
返回日本。

昭和三十三年（一九五八）
小說〈會眞記〉獲得夏目漱石獎。繼續寫作。

昭和三十六年（一九六一）

創立日本天后會。創立限定出版的「人間の星」社。而後依次創刊《人間の星》六十六期，《安妥洛美達》(Andromeda) 二九二期，《八七》《八八》等。

平成八年（一九九六）

八十九歲。迄今爲止刊行詩集五十七本，小說六十七本，童話四本，民俗六本，評傳八本，自傳二本，翻譯十本，隨筆四本，命運學十九年。現在刊行中的季刊雜誌爲《猩猩》。

國家圖書館出版品預行編目資料

西川滿小說集 1,／西川滿著；葉石濤譯
一初版. 一高雄市：春暉, 1997〔民 86〕
面； 公分
ISBN 957-9347-13-1（平裝）

861.57 85013954

西川滿小說集①

著 者：西川滿 譯 者：葉石濤
策 劃：文學台灣雜誌社

出版者：春暉出版社
地址／高雄市苓雅區正義路3巷8號
電話／（07）761－3385
傳眞／（07）7238590
郵撥／04062209 陳坤崙帳戶

印刷者：春暉印刷廠有限公司
地址／高雄市苓雅區武嶺街61巷17號
電話／（07）7613385

登記證：新聞局版台業字第2154號

出版日期：1997年2月初版第一刷

定 價：160元